Kontaktadresse nach EU-Produktsicherheitsverordnung:
produktsicherheit@fischerverlage.de

Bei der Ankunft in Guatemala ist sein Koffer immer noch in Madrid, auf höchster See jagt er Pantoffeldiebe, an der chilenischen Küste wird er als Stromberg erkannt und beschimpft, und auf Bora Bora ist er viel zu hautnah dabei, als ein Zyklon die ganze Inselgruppe neu sortiert: Schauspieler Christoph Maria Herbst hat einen Roman rund um seine Winterreise auf dem legendären TV-Traumschiff geschrieben. Aufgezeichnet mit höchst unterhaltsamem ironischen Blick auf Kollegen und Eingeborene, Sitten und Gebräuche. Viel Spaß – bei einem der letzten Abenteuer unserer Zeit!

»Dieses Debüt reiht sich charmant ein in jüngere Schiffserzählungen wie ›Schrecklich amüsant, aber in Zukunft ohne mich‹ von David Foster Wallace oder ›In 180 Tagen um die Welt‹ von Matthias Politicki.« WDR 1LIVE

Christoph Maria Herbst, geboren 1966 in Wuppertal, verkörpert u. a. die Titelfigur in der Serie und im Kinofilm ›Stromberg‹ und erhielt dafür den Deutschen Fernsehpreis, den Grimme-Preis, den Bayerischen Fernsehpreis und sechsmal den Deutschen Comedypreis. Neben diversen Engagements am Theater und als Synchronsprecher (›Willkommen bei den Sch'tis‹, ›Ritter Rost‹) spielte er in TV-Filmen (›Kreutzer kommt‹) sowie in Kinoproduktionen (›Der Wixxer‹, ›Hui Buh‹, ›Hände weg von Mississippi‹, ›300 Worte Deutsch‹). Als Hörbuchsprecher hat Christoph Maria Herbst u. a. die Bestseller von Tommy Jaud, Ralf Husmann und Timur Vermes' ›Er ist wieder da‹ eingelesen sowie Klassiker wie Stefan Zweigs ›Schachnovelle‹ und das BGB.

Weitere Informationen, auch zu E-Book-Ausgaben, finden Sie bei www.fischerverlage.de

Christoph Maria Herbst

Ein Traum von einem Schiff

FISCHER Taschenbuch

2. Auflage

Hedderichstr. 114, 60596 Frankfurt am Main

Printed in Germany
ISBN 978-3-596-19113-0

Für
M.G.
und
C. auf L.

COSTA RICA
BORA BORA
FAANUI

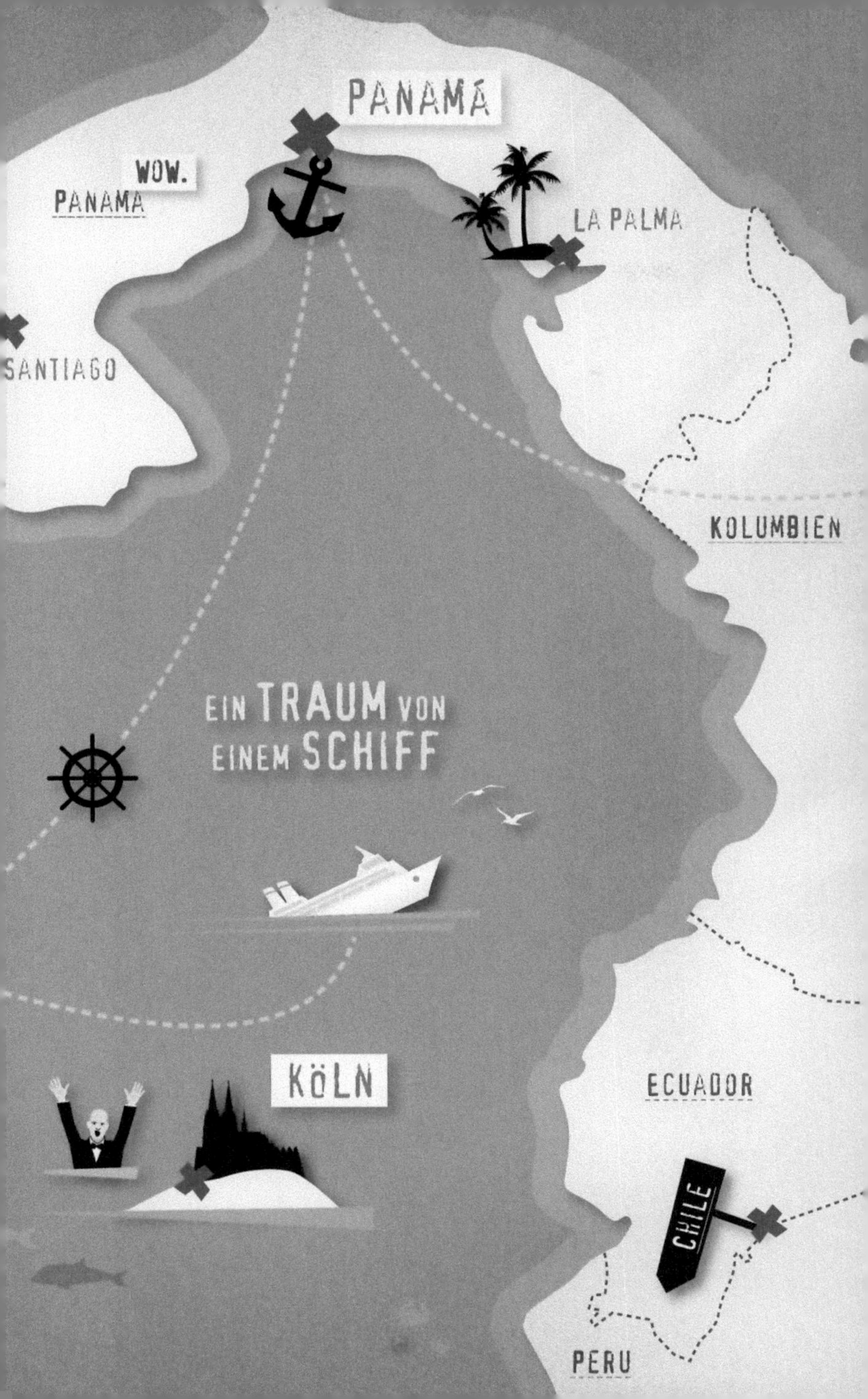
PANAMÁ
WOW.
PANAMA
LA PALMA
SANTIAGO
KOLUMBIEN
EIN TRAUM VON
EINEM SCHIFF
KÖLN
ECUADOR
CHILE
PERU

»Ich bin unterwegs seit Wochen, die mich wie Jahre dünken. Es treibt mich auf den Meeren um […]
Ich habe das ewige Meer auf beide Arten erlebt, in Schläfrigkeit und Gebraus …«

Thomas Mann

Prologbuch

Köln, 14. Dezember 2009, 17.19 Uhr

»Hallo, Christoph! Hörst du mich?«

»Wenn ›Hallo, Christoph! Hörst du mich?‹ bislang alles war, ja.«

»Gut. Die Verbindung ist schlecht.«

»Stimmt. Wer ist denn da?«

»Deine Agentin.«

»Ach, die Geheimagentin. Lange nichts gehört. Hast du neue Stimmbänder oder arbeitest du verdeckt?«

»Bin im Zug, deswegen die Verzerrung. Wie geht's?«

»Du, es regnet seit Wochen und das bei minus zwei Grad.«

»Nennt man das nicht schneien!?«

»Nee, nicht in Köln. – Was kann ich für dich tun?«

»Das ZDF hat angerufen.«

»Kannst du absagen. Die zahlen zu schlecht.«

»Absagen würde ich auch gerne, aber aus anderen Gründen. Irgendwann solltest du für die aber auch mal arbeiten.«

»Was ist es denn? Ist Claus Kleber gestorben?«

»Nee, Rademann.«

»Rademann ist tot?«

»Hat angerufen.«

»Wow. Mr. *Schwarzwaldklinik* himself. Und ich soll Sascha Hehn spielen?«

»Mann, jetzt hör doch mal zu. – Hallo?«

»Ich hör zu.«

»Es geht ums *Traumschiff.*«

»Ich sag doch, sag ab.«

»Klar. Wollte es trotzdem mit dir besprechen.«

»Hör mal, wir haben doch die Abmachung, dass du mich bei Selbstverständlichkeiten nicht anrufen musst.«

»Dann ist ja gut. Alles andere hätte mich auch gewundert.«

»Was verpasse ich denn?«

»Harald Schmidt spielt mit, Jürgen Vogel wird wohl auch dabei sein, und die Reise geht die komplette südamerikanische Westküste entlang mit Panama, Costa Rica, Ecuador, Peru und Chile und von da fliegen die in die Südsee nach Bora Bora. – Hallo?«

»Sag's zu!!«

»Aber ich –«

»Sag's zu-hu!!«

… tut-tut-tut-tut-tut-tut-tut-tut-tut …

Logbuch

1

Berlin, Dienstag, 22. Dezember 2009, 16.48 Uhr

Wolfgang Rademann will mich kennenlernen.

Der erfolgreichste Fernsehproduzent Deutschlands möchte ein finales Gespräch, bevor er mich eintütet.

Sitze im Berliner Hotel Kempinski, wo der Herr anscheinend Hof zu halten pflegt, und komme mir recht verloren vor in der rokokoesken Ecke an dem brennenden Kamin und in meinen abgewetzten Jeans auf der plüschigen Brokatchaiselongue.

Vielleicht ist das ja … die Besetzungscouch!? Lasse meinen Blick über das Polster schweifen: Der Stoff ist weder fleckig noch durchgescheuert.

Aber in der Schweiz bin ich auch nicht gerade. Neutrales Gebiet sieht anders aus. So griff mich gleich beim Betreten der Lobby etwas Livriertes mit Kajalaugen ab und näselte mich an:

»Herr Rademann kommt jeden Moment. Wenn Sie dort drüben Platz nehmen wollen. Sie sind doch Markus Maria Herbst?«

»Ja, aber dann sind Sie Siegfried und Roy!«, konnte ich mir so grad eben noch verkneifen und nickte einfach nur. Dies allerdings dann doch verkniffen.

Unaufgefordert wurde mir gleich eine mehrstöckige Porzellanetagere mit einem bunten Strauß diverser Pralinen und Printen, mindestens elf Spritzgebäcksorten und hochglanzglasierter Marzipanwürfel zwischen Sofa und Kamin auf den marmornen Clubtisch gestellt, um mir im größten Wartezimmer der Welt die Zeit zu versüßen. Sauer stieß mir auf, warum ich überhaupt hier saß.

Hatte meine Agentur doch nicht zugesagt?

War das hier noch eine Art Casting?

Hätte ich rasch noch ein Gedicht auswendig gelernt haben sollen oder zumindest eine kleine Steppnummer einstudieren müssen?

Habe in Ermangelung irgendwelcher zeitvertreibender Frauenzeitschriften die oberste Ebene meiner persönlichen Zuckerpyramide schon weggeputzt. Wie kariöse Vorboten verlassen kleine säuerliche Wölkchen meinen Mund, die auch im Nachklang noch glasiert schmecken. Wenn ich so weitermache, wird mich Rademann in einer Stunde eh nicht mehr erkennen. Wenn er überhaupt weiß, wie Markus Maria Herbst aussieht. Er dürfte sich mit seinen knapp Hundert wohl kaum für *Stromberg* interessieren, eher fürchte ich einen Einlauf von ihm, da ich in den Neunzigern mal zwei Pornofilme synchronisiert habe. Vielleicht erwartet er von mir, dass ich mich, bevor das unbefleckte Traumschiff mich empfängt, öffentlich von meinem damaligen Gestöhne distanziere!? Vielleicht will er aber auch nur ein Autogramm auf genau diese beiden DVDs.

Das Einzige, was ich mir vorgenommen habe, ist, ihm noch blöder zu kommen, wenn er mir blöd kommt.

Bestimmt schiebt Mr. *Traumschiff* die präpotente Bugwelle des Erfolgsmenschen vor sich her und hat sich seinerseits vorgenommen, mir, dem Comedy-Leichtmatrosen, so lange auf die Füße zu treten, bis ich vor Dankbarkeit vor einem Fernsehwolf wie ihm, der mich wie eine Kartoffel mit bloßer Hand zerquetschen könnte, auf die Knie sinke.

Nichts dergleichen werde ich zulassen.

Im Gegenteil: Habe extra vor dem Spiegel einige überhebliche Gesichtsausdrücke geübt, die ihm vor Augen führen sollen, was ich wirklich über ein Unterhaltungsfossil wie ihn denke und wie wenig ich von seinem künstlerischen Ground Zero halte. Da kann er mit noch so vielen, fetten Zigarren im Mund auf dicke Hose machen, während er an seiner goldenen Uhr in seiner Weste spielt und imaginäre Fussel von seinem Nadelstreifen entfernt, kann er noch so sehr durch mich durchgucken, mich ignorieren oder von mir verlangen, dass ich seine handgenähten Luxusbudapester lecke. Nur weil er ein Quotengarantgigant ist und ich mit meiner kleinen Büroserie eher im Trüben des Marktanteils fische, braucht er noch lange nicht zu denken, er sei was Besseres. Wo sind denn alle *seine* Fernseh- und Grimmepreise? Nur weil die *Schwarzwaldklinik* selbst in ihrer Wiederholung noch mehr Zuschauer hat als *Wetten, dass …?!* oder eine komplette Staffel meiner eigenen Serie, muss er nicht denken, das sei ein Qualitätssiegel. Im Gegenteil. Im Laufe der Jahre habe ich es geschafft, mir erfolgreich einzureden, dass wenige Zuschauer Qualität bedeuten, und auch alle meine Therapeuten haben mir recht gegeben, dass es niemals gut sei, die breite Masse zu erreichen, es sei denn man wolle Unterschichtenfernsehen machen, Mob TV, Hartz-IV-Bespaßung.

Nee, Nee, mein Lieber!! Ich fühl mich sauwohl mit meiner Handvoll zuschauender Studenten und Studienräte! Und vergiss nicht, *du* hast *mich* angerufen und du kannst froh sein, dass ich auf deinem komischen Albtraumschiff mal für ein bisschen Glanz sorge neben diesen ganzen Volkshochschulschauspielern.

Ich brauch dich nicht!

Ich kann auch ohne dich!

Viiieeel besser kann ich sogar ohne dich, und wenn du denkst … –

»Christoph, jrüß dich, ick bin der Wolfjang. Entschuldije die Vaspätung, aber ick hab dit einfach nich eher jeschafft. Kommt nich wieda vor. Trinksse ooch 'n Biea?«

Ein unauffällig gekleideter Herr mit riesengroßen, jugendlich wirkenden Augen, sympathischem Lächeln und Plastiktüte über dem Handgelenk setzt sich zu mir.

»Äääähh … ja, ja, sehr … äh … sehr gerne, Wolf … äh … Herr Rademann, aber nur, wenn ich Sie einladen darf?!«

»Dit is nett jemeint, aba ick wil ja wat von dia, und

da isset ja dit Mindeste, dat ick dich einlade, wa? Und übrijens, ick bin der Wolfjang!«

Nickend ergebe ich mich kampflos diesem Charismakoloss, nicht ohne mich zu fragen, was es wohl mit dieser Markendiscountertasche auf sich hat. Bestimmt sind da die Requisiten drin für die Szene, die ich ihm jetzt vorspielen soll.

Wenn unsere hinduistischen Freunde recht haben und es so etwas wie Seelenwanderung gibt, dann hat Wolfgang Rademann bereits im alten Rom im Forum Romanum erfolgreich gebrauchte Streitwagen verkauft. Dieser, wie ich erfahre, 75-jährige ältere Herr, ist dermaßen überzeugend in allem, was er sagt, dermaßen straight in allem, was er tut, und dermaßen unschuldig in allem, wie er denkt, dass er mir einen VW Käfer aus den 70ern als Hybridwagen verkaufen könnte. Darüber hinaus ist er ein Bild von einem – Jungen, ein großer Junge von graziler Wucht. Wenn er anfängt, aus seinem Leben zu erzählen, funkeln seine Augen wie illuminierte Kronleuchter, nur, dass er nicht, wie die meisten alten Menschen, Gefangener der eigenen Vergangenheit ist; von früher erzählt er immer nur, um eine Brücke ins Heute und die Zukunft zu schlagen, und spätestens dann spricht er wie ein Kleinkind über Weihnachten. Alles, was er noch vorhat, plant und sich wünscht, kann unmöglich noch in dieses sein Leben passen und in diesem Moment wünsche ich mir, die Hindus *hätten* recht.

Wolfjangs Lieblingswörter sind »Knalla«, »Knülla« und »Kracha«, und wenn er lacht, brennt die Luft. Es ist ein »Muahahahahahaha«, das aus seinem Mund platzt, gefolgt von einem »Pffffffffffffffffffft«, das er herstellt, indem er die Lippen so schürzt, als wolle er das grad gelegte Feuer noch anfachen.

Zu seiner Anzughose trägt er nicht das passende Jackett, sondern ein blaues Hemd, das den oberen Knopf nicht mehr zubekommt und es stattdessen vorzieht, den einen oder anderen Schatten eines Flecks vorzuweisen. Zunächst gehe ich davon aus, dass sie Abdrücke ehemaliger Spaghettispritzer oder Schweißperlen sind, komme aber schließlich zu der Erkenntnis, dass es sich dabei um getrockneten Speichel handelt, der ihm aus dem Mund läuft, wenn er abends, nach einem harten Tag der Akquisition von Schauspielern und der Inquisition von Redakteuren, auf seinem Ohrensessel mit ausklappbarer Fußbank einnickt. Im selben Augenblick entwickle ich Gefühle, die nur ein Enkel empfinden kann.

Unentwegt kritzelt er irgendwelche Hieroglyphen auf einen zerknitterten Block, den er in der Tasche seines vermeintlich bügelfreien Hemdes spazieren trägt, so, als wisse er gar nicht, wohin mit all seinen Ideen. Über seinem Handgelenk hängt die ganze Zeit, wie festgetackert, die merkwürdig schlaffe Tüte eines Supermarktes, der sich auf No-Name-Produkte spezialisiert hat, und am liebsten möchte man ihm einen Euro geben. Von mir würde er sogar zwei kriegen, wenn ich nur erführe, was sich in der Tasche befindet.

Im Laufe des Gespräches meine ich zu erahnen, was er mit sich rumträgt. Es wird Knoblauch sein. Dieser Ilja Rogoff der deutschen Fernsehunterhaltung riecht nämlich so unglaublich nach Knofi, als habe er sich seinen eigenen müffelnden Jungbrunnen mitten in Charlottenburg gebohrt; ganz sicher hat er das dünnste Blut der Welt und Viren haben keine Chance bei ihm, es sei denn, sie tragen mittlerweile Sauerstoffmasken. Das macht ihn mir leider nur noch sympathischer, bin doch auch ich, solange ich denken kann, zur Freude meiner Umwelt ein großer Freund dieser Knolle zermürbendster Ausdünstung.

»Wolfi riecht nach Knofi! Wolfi riecht nach Knofi!«, höre ich gedankenverloren das Echo, während ich das kleine Rademännlein im zarten Alter von sechs Jahren vor mir sehe, mit blauem Hemd, vollgekritzeltem Schiefertäfelchen und Plastebeutel in einer Ecke seines Schulhofs stehend, und seine komplette Klasse richtet den Zeigefinger auf ihn.

»Samma, die Biere müssen die noch brauen oder ßu wat sind wir hier jebeten, am besten ick koof den janzen Laden und mach ne Wurstbude draus, dit is doch nich möglich, bis die wat bringen, bin ick in der Sahara ja ersoffen … Muahahahahahaha … Pffffffffffffffft!«

Ähnlich schnell wie sein Blut fließt auch seine Rede, die sich kaum stoppen lässt; wenn man es aber dennoch schafft, in eine seiner wenigen Atempausen zu grätschen – allem Anschein nach hat er an der Stelle, wo handelsübliche Menschen Lungenflügel haben, Windmaschinen, die grad Gedachtes im selben Moment als formulierte Sätze einfach rausblasen –, ist er ein aufmerksamer und aufgeschlossener Zuhörer.

Am Ende unseres monologischen Dialogs lüftet er ungefragt das Tütengeheimnis. Seine untertassengroßen Augen verengen sich für einen winzigen Moment zu Schlitzen, als er, ohne hinzugucken, eine Hand nestelnd in die Tasche steckt. Dabei behält er mich, wie ein Löwe die Gazelle, konzentriert im Blick, und ich meine, mehr als nur *einen* Schalk in seinem Nacken zu entdecken.

Was wird seine Hand hervorholen?

Eine Familienpackung hochdosierten Knoblauchs in Gelatinekapseln gepresst?

Den Schlüssel eines Gebrauchtwagens?

Oder einen weiteren Rademann, an dem eine weitere Tüte baumelt?

Eh ich mich's verseh, drückt er mir eine Kladde in die Hand, und ich bin mir sicher, dass es sich dabei um das Drehbuch handelt. Als ich sie öffne, fallen mir zehn Din-A4-Seiten mit Farblaserfotokopien in den Schoß: die schönsten Ziele der anstehenden Reise inklusive Bilder des unfassbaren Luxusresorts auf Bora Bora.

Dieser gerissene Hund!

Er weiß genau, warum ich hier sitze.

Genüsslich bekommt er mit, wie meine Augen trocken werden, da meine Lider vor lauter Reizüberflutung vergessen, sich zwischendurch für die Wässerung mal zu schließen, und schiebt, erst kurz bevor sie drohen, auf den Tisch zu kullern, das dünne Drehbuch hinterher.

Eine perfekte Übergabedramaturgie.

Das Buch fühlt sich dünner an als die vorherige Kladde. Auf jeden Fall aber ist es nicht so bunt und garantiert werde ich es weniger interessant finden als die Bilder.

Elf Bier später möchte ich ein Kind von ihm, beiß mir kurz vorher aber noch auf die Zunge. Irgendwann setzen sich dann doch meine Beck's durch, und ich hör sie sagen:

»Wolf … hicks! … Wolfgang Radeber … äh … Rademann! Genaussso hab ich mir ddich vorge … hicks! … vorgestellt: bescheiden und ßurückhaltend, mit einem Wort, genauso knallaknüllakracha, wie ich deine Fi … hicks! … Filme und Serien finde, und es wird mir eine Ehre ssein, auf deinem Fuck … hicks! … auf deinem Flaggschiff mitfahren zu dürfn!«

Kaum ist der Satz gelallt verhallt, zeigt mir mein Gegenüber alle seine 32 Zähne, die er komplett oben zu tragen scheint, und verabschiedet sich mit einem überglücklichen:

»Mein Junge, ick freu mia. Willkommen an Bord!«

Und urplötzlich wird mir klar, dass *ich* der Caster war und nicht *er*, dass er für sich und seine Serie die Werbetrommel gerührt hat, um mich zu überzeugen.

Gerührt und davon überzeugt, vor etwas ganz Großem zu stehen, ziehe ich mein Handy aus der Jackentasche und smse meiner Agentin:

> der beelze ist gar kein bub, sondern ein mann und der heißt rade, und dem habe ich grad meine seele verkauft und weißt du womit? mit recht! dein dr. faust

Als ich auch drei Stunden nach Absenden noch keine Reaktion erhalten habe, google ich vorsorglich nach neuen Schauspieleragenturen.

2

Mittwoch, 23. Dezember

Ich schlafe schlecht. Seit sechzehn Tagen. Seit vierzehn Tagen wache ich auch schlecht. Tja, wenn's einmal läuft. Ich sollte einfach tagsüber pennen und nachts meinem Tagwerk nachgehen. Wie wär's mit einer Umschulung zum Bäcker? So übernächtigt wie ich tagsüber bin, kann ich froh sein, wenn mich mein Fitnessclub noch reinlässt. Das Foto auf dem Mitgliedsausweis hat mit dem 3D-Christoph nur noch das schüttere Haar und die eine oder andere Knitterfalte gemein.

Bin letztens auf meinem Fahrrad eingenickt. Gott sei Dank bin ich nicht von einem holländischen Sattelschlepper erfasst worden, das Rad stand zwischen Stepper und Laufband. Nicht auszudenken, wenn mir so was zur Rush Hour auf dem Stadtring passieren würde. So, wie ich danach aussähe, würde mir Rademann sicher gleich die feste Rolle des Kapitäns anbieten.

Noch schlimmer entwürdigt als nach diesem Schlummerstündchen fühle ich mich allerdings nach einem rekordverdächtigen Nickerchen in der clubeigenen, auf 80 Grad erhitzten Sauna, wonach ich mir vorkomme wie eine Mischung aus getrockneter Banane und geschreddertem Grillwürstchen. Einer Schlange nach der Häutung gleich krieche ich aus dem Schwitzraum und versenke meinen versengten Leib, der mehr mit einer einsachtzig großen Brandblase gemein hat, im Kältebecken, das mich zischend abschreckt und kurz danach zum Whirlpool mutiert. Wenn man die Telefonnummer der Guinnessbuch-Redaktion mal braucht, hat man sie nicht zur Hand, aber die Jungs dort hätten mich sicher eher irgendwo eingewiesen als irgendwo eingetragen, und in diesem Moment stoßen auch schon zwei Pärchen zu mir, die sich wundern, dass hier seit neuestem ein sprudelnder Jakuzzi steht.

Hätte um ein Haar den kompletten Pool leergesoffen, so sehr verlangt meine innere Wüste danach, da ich aber weder Lust habe, mit vier weiteren Nackten auf dem Trockenen zu sitzen, geschweige denn Chlor zu rülpsen, tue ich das einzig Sinnvolle und schiebe mir, wie der Anästhesist den Tubus, einen Wasserschlauch in den Hals. Gerädert, gebrandmarkt und gewässert warte ich jetzt nur darauf, dass mich noch jemand teert und federt, allein, das bleibt aus.

Versuche endlich ein weiteres Mal, das zu tun, dessentwegen ich doch eigentlich hergekommen bin, nämlich zu trainieren. Das Drehbuch, besser Drehheftchen, sieht nämlich die eine oder andere Oben-ohne-Szene vor. Habe mir fest vorgenommen, meine Rolle, die überhaupt kein Fleisch hat, nicht durch mein Eigenes aufzuwiegen, sondern im Gegenteil, dafür zu sorgen, dass ich mich in meiner Haut wohlfühle, wenn ich schon keine habe, in die ich schlüpfen kann. Sixpack werde ich nicht mehr hinkriegen. Momentan habe ich allerdings gerade mal ein One Pack im Angebot, und auch das ist lediglich die Narbe von einer Blinddarmoperation, die, je nachdem, wie das Licht fällt, durchaus als Muskel durchgehen kann. Da es für mich jedoch keine Alternative ist, mich weitere fünfmal unter das Messer zu legen, bleibt mir also nur der konservative Weg der Sit-ups.

Kaum dass ich liege, schlafe ich ein.

Was mir träumte, bin ich nicht in der Lage aufzuschreiben, denn es wird sich um ähnlich unbeschreibliche Bilder handeln, wie man sie haben dürfte, wenn man auf einem LSD-Trip gleichzeitig noch Cannabis raucht, weil man sich erst dann das mit diesem Bungee-Jumping traut. Was ich noch sicher weiß, ist, dass der Traum roch. Es war eine Mischung aus Pitralon und Knoblauch. Ganz sicher, ich war besessen von Rademann, und hätte ich nicht in Kauf nehmen wollen, dass sich der Exorzist in meiner Diözese totlacht, hätte ich ihn gebeten, eine Austreibung bei mir vorzunehmen.

Zunächst aber habe ich mir auf dem Weg zu meiner Gastrolle meine Speckrolle vorzunehmen. Wär doch gelacht, wenn ich mich nicht binnen kürzester Zeit in den frühen Sascha Hehn verwandeln kann – zumindest untenrum.

3

Freitag, 1. Januar 2010

Gestern mit Freunden Silvester gefeiert.

Hab beim Bleigießen was Rechteckiges aus dem kalten Wasser gefischt, mit griffartigem Anhängsel an der schmaleren Seite.

»Is' das denn?«, fragt mich A.

»'Ne Plastiktüte. Ihr seid dran.«

Döse nachmittags auf der Couch ein.

Traum vom Schiff.

Sitze auf dem Achterdeck, mit schlecht geklebter Halbglatze und Kinderschänderbart. Nicht in einem Liege-, sondern auf einem Drehstuhl, mit Rollen. Vor mir stehen, Hand in Hand, Ulf und Tanja. Die beiden wollen heiraten, sofort, und ich als Chef, ich sei ja quasi der Kapitän, und als Kapitän dürfte ich sie doch trauen. Ich antworte: »Das … ähh, das ist natürlich … richtig …« – Oder ob sie besser direkt zu Admiral Becker gehen sollten, weil ich womöglich wieder mal nicht zuständig wär. Fahre mir mit den Fingerspitzen über den Kinnbart: »Ich? Nicht zuständig? Det is 'n Brülla!«

Lache röchelnd mit halboffenem Mund.

Traumschiffschornstein tutet, hört sich aber an wie alte Kaffeemaschine. Aus einem Rettungsboot unterhalb der Reling nervt Ernie mit Marilyn-Monroe-Perücke: »Ich bin ein blonder Passagier! Woooohl!«

4

Samstag, 2. Januar, 14.11 Uhr

Meine Güte, was hab ich getan?

Ich – habe – unterschrieben. Beim Klabautermann. Ich geh aufs Traumschiff.

Will ich wirklich meine bislang recht rundlaufende Karriere zum Eiern bringen und von der Schlossallee in die Turmstraße umziehen, und das für eine Blumenkette, die mir bei der Ankunft um den Hals gelegt wird?

Will ich wirklich, dass mir die komplette Branche nicht mehr in die Augen gucken kann und sich ab jetzt nur noch Soapies, Telenovelatanten und andere Konsonantenpromis mit mir unterhalten?

Reicht es nicht, in einer Wurstfabrik zu *arbeiten*? Muss man deswegen gleich selber Wurst werden?

Werde ich genügend untalentiert spielen können, um zu überzeugen?

Wie spricht man schlechte Texte gut?

Wie schnell kriegt man gute Laune schlecht?

Andererseits hat die Rolle – wenn man sie so bezeichnen will, ich würde sie eher Hülle nennen – nichts mit Stromberg zu tun, und das ist doch genau das, was ich seit einiger Zeit will. Das Problem ist nur, sie hat mit Niemandem was zu tun. Das ist kein Mensch, den ich da zu spielen hab, sondern eine Phrasendreschmaschine, die Klischees wie Worthülsenfrüchte erntet, um diese dann zu erbrechen. Ich hab das Gefühl, jemanden spielen zu müssen, der jemanden spielt, der jemanden spielt.

Oh, das klingt gut.

So ein bisschen nach Metaebene.

Genauso mach ich's.

Gaaanz falscher Ansatz! Was rede ich vom Dachstuhl, wenn kein Fundament da ist. Grübel nicht so viel, tu es einfach, so wie alle anderen.

Hirn aus! Mund auf! Text raus! Amen.

»Nee! Neeneeneeneenee, ich kann das nicht«, denke ich, »ich kann das nicht, und ich will das nicht. Ich ruf die Agentur an. Ich steig aus«, und höre »… make sure that all electronic devices are totally switched off!« als Letztes, bevor der Airbus gen Panama abhebt.

Es grenzt an ein Wunder, dass ich diesen Flieger überhaupt bekommen habe. Als Gottesbeweis würde ich dieses Wunder allerdings nicht bezeichnen, eher im Gegenteil. Wenn es einen Gott gäbe, hätte er dann zugelassen, dass ich jetzt hier sitze? Oder hat Gott nach zweitausend Jahren wieder menschliche Gestalt angenommen und trägt jetzt blaue Hemden, Plastiktüten und macht »Pfffffffffffffft …«?

Ist schon das zweite Flugzeug, in dem ich heute sitze. Das erste ging am Morgen von Düsseldorf nach Madrid, und fast wären wir nicht weggekommen. Als wolle er uns selbst beweisen, dass es ihn gibt, schickte uns der Herr ein derartiges Monsterblitzeis, dass die Rollfeldkollegen mit der Enteisung einfach nicht nachkamen und uns ein Slot nach dem anderen wegbrach.

»Siehste, ich soll gar nicht aufs Traumaschiff. Entscheidung von *ganz* oben«, freute ich mich noch unentschlossen in mich hinein, wobei ich mit »ganz oben« nicht den Vorstand der Düsseldorfer Flughafen AG meinte, sondern eher den Vorsitzenden der himmlischen Dreifaltigkeits-GmbH. Gerade wollte ich den Stewardessen über alle Sitzreihen hinweg nach vorne entgegenschleudern:

»Kommt! lasst's gut sein. Ihr habt alles versucht. Hat nicht sollen sein. Lasst zumindest mich zurück. Ich bin nur eine Last für euch!!«,

als auch schon die Turbinen aufheulten und wir Richtung spanischer Hauptstadt schlidderten.

Was soll ich sagen? Habe trotz mehrstündiger Verspätung den Anschlussflieger der spanischen Gesellschaft Iberia bekommen, der mich nach Panama bringen soll, wo unser Schiff – hab ich »unser« gesagt? – vor Anker liegt. Der liebe Gott scheint *Mensch ärgere dich nicht* mit mir zu spielen, aber nicht mit mir als Spieler, sondern mit mir als Figur. Immer klappt alles, wenn auch nur um Haaresbreite.

So glaubte ich, es müsse mit einer weiteren zweifelhaften Fügung zu tun haben, dass ich im Norden von Europas chaotischstem Flughafen Barajas in Madrid, der zwölfmal so groß wie Monaco ist, landete, meine Panamamaschine aber von dessen südlichstem Zipfel aus starten sollte. Bereits in meinem Düsseldorfer Flieger hatten mir alle Stewardessen und auch Mitreisende, die diese Strecke mehrfach im Jahr fliegen, geradezu versprochen, dass ich den Anschluss verpassen würde, aber alle lagen falsch.

Vergleichsweise gemächlich wackelte ich nach Ankunft durch die Hallen, trank einen Espresso an einem Tresen, dann noch einen, orientierte mich, suchte wahllos, fand freudlos, versuchte den Preis einer Kilostange Toblerone um 15 Cent runterzufeilschen, nahm eine Art U-Bahn, in der allein ich schon geschlagene fünfzehn Minuten fuhr, um dann noch mal unendlich lange Minuten auf Irrwegen zu meinem Gate zu mäandern, und fast hätte ich ein Piccolöchen aufgemacht, war ich doch fest davon überzeugt, dass die gute alte »höhere Gewalt« bei dieser Seifenoper längst den Vorhang gezogen hatte, als ich meinen Augen nicht trauend sah, wie eine lange Schlange von Menschen unter einem Iberia-Monitor, auf dem »Panama« stand, nach und nach abgefertigt wurde.

»Scheiße«, dachte ich, »ich hab's geschafft«.

Wie eine silberne Kugel schossen die Gedanken durch den Flipperautomaten meines Hirns, und ich wälzte absurderweise die unterschiedlichsten Ideen von einer Seite zur anderen, wie ich auch jetzt noch mitten im schlimmsten deutschen Winter einer Reise durch Südamerika mit anschließendem Weiterflug auf das Honeymoonatoll Bora Bora entgehen könnte, als ich eine vertraute Stimme hörte und im selben Augenblick »Bier« dachte,»Marzipan« schmeckte und »Knoblauch« roch:

»Wat für 'ne Jurkentruppe. Iberia – ick lach mir tot. Aber treu bleiben die sich. Ick bin in dreißig Jahren noch nich einmal pünktlisch mit die abjeflogen ... Muahahahahaha ... Pfffffffffffffft!«

Natürlich! Mein persönlicher Eintüter war längst da mit allem Drum und Dran: Tüte, Hemd, Flecken!

Unsere Blicke trafen sich.

Spätestens ab jetzt war Fliehen zwecklos.

»Wa, Christoph!?«

»Ab-solut!«,

hielt ich unfassbar schlagfertig dagegen und folgte den anderen Menschen, die Hälfte bestimmt Team- und Ensemblemitglieder, und nur für einen Moment überlegte ich, ob er vielleicht *die* mit »Jurkentruppe« gemeint haben könnte.

Tja, und da sitze ich nun auf 11F, bereit, wieder auszusteigen, als der Flieger nach Panama aufbricht und nur die Spontanassoziation mit Janosch's Tiger lässt mich zumindest einen Mundwinkel nach oben ziehen.

»Oh, wie schön ... –«

»... ist Panama!«,

unterbreche ich gedankenverloren eine weibliche Stimme, die auf mich gerichtet ist, und sie erwidert:

»… äh, ja, das sicher auch, aber ich wollte sagen, wie schön, dass Sie dieses Jahr mal mit dabei sind, Herr Herbst!«

»Oh, ja, das finde ich auch, Frau … Frau …«

Meine Lüge verliert sich im Frotteetuch, denn nicht nur, dass ich diese freundliche Dame gar nicht kenne, mir wird zeitgleich von einer Stewardess auch noch ein warmes, nach Lavendel duftendes Teil gereicht, in das ich den Rest meines Satzes, der eh nie ein Ende gefunden hätte, reinatme. Ich feudele mir das komplette Gesicht mit dieser angenehmen Erfrischung, und als ich wieder auftauche, ist die mir unbekannte Dame auch schon weg.

8 Stunden später

Eine heilige Ruhe, hoffentlich nicht die, auf die der Sturm folgt, hat das Luftschiff, das sich zwischenzeitlich anfühlte wie eine Tomatensaftbar, fest im Griff. Wegen »plötzlich auftretender, unerwarteter Turbulenzen« wird man ja schon seit Jahren von der internationalen Versicherungswirtschaft gebeten, stets angeschnallt zu sitzen, aber dieser Aufforderung wird ein ähnlich hohes Maß an Aufmerksamkeit geschenkt, wie den vor dem Start von den Stewardessen vorgetanzten Hinweisen, wo sich die Notausgänge befinden und wer wem wann bei dem »unwahrscheinlichen Fall eines Druckverlustes« in die Sauerstoffmaske helfen soll, nämlich keine. Und so sieht es vor, neben und hinter mir fast aus wie in einem Nachtasyl, überall liegt jemand, etwas oder mehrere, übereinander, miteinander, durcheinander, und ich entschließe mich, die Gunst von Dunkelheit und vorgerückter Stunde zu nutzen, um einen Zug durch die Gemeinde zu machen.

Vielleicht erkenne ich Schauspieler, erinnere mich an Teammitglieder oder kann Wolfgang dabei ertappen, wie er sich eine knalla Knoblauchstulle schmiert!?

Richte mich vorsichtig auf und recke den Hals, als schon der erste Blick nach hinten auf geschätzte sechshundert schlafende Personen den Eindruck erweckt, ein Giftgasanschlag habe alle hinweggerafft: sehe vornüberhängende, merkwürdig zur Seite weggedrehte, komplett nach hinten abgeknickte, teilweise mit Sabberrinnsalen verunstaltete oder notdürftig mit Nackenkissen stabilisierte, hier und da zu ganzen Laokoongruppen zusammengeschweißte Köpfe, wobei mehrere von ihnen zu ein- und demselben Körper zu gehören scheinen, und es riecht auch wie im Drachenkäfig.

Werde mich nie an die Anomalie gewöhnen können, in vierzehntausend Metern Höhe, bei einer Außentemperatur von minus 65 Grad und mit einer Geschwindigkeit von rund 900 km/h in einer Hülle aus verbogenem und geklebtem Metall mit Hunderten von Fremden Risi-Pisi zu essen und ihnen danach beim Verdauungsschlaf zuzusehen.

Sei's drum. Ich schwebe vorsichtig einen der Gänge entlang, und just in dem Moment, als ich mich frage, woran ich denn jetzt meine *Traumschiff*-Kollegen zu erkennen glaube, erhalte ich auch schon die Antwort: alle diejenigen gehören dazu, die unter dem Sitz, auf dem Schoß oder an der Seite durch eine Markendiscountertüte stigmatisiert sind.

Rademann was here!

Er hat eine Spur von Plastik hinterlassen und scheint powered by Aldi zu sein. Und – ach guck! – auch an meinem Sitz in der Ferne sehe ich eine Hängentatsache, diese bebeutelte, schlummernde Kollegin hier, meine ich zu kennen, das ist doch die … na! … die … ts-aaaaaah! … die Dings … die aus der Werbung für schockgefrostete Spinatkügelchen, wie heißt die denn noch? Komm grad nicht drauf, auf jeden Fall kann dann auch der Melitta-Mann nicht mehr weit sein. Vielleicht spielen dieses Jahr nur Gesichtsverleiher, Darstellungsbeamte und andere schauspielerische Schwergewichte mit, und schon entdecke ich Vitali Klitschko, der es aber nicht sein kann, da er weder zu zweit da sitzt noch eine Milchschnitte im Mund hat, außerdem fehlt die Tüte.

Aber hier, der nächste Beutel, ach, das ist doch der, der … na!? … bzw. *die*, also *der* geriet doch in die Schlagzeilen, weil er früher eine Sie war und sich dann hat umbauen lassen, wie heißt ersie denn noch … fällt mir momentan auch nicht ein … – ein Käfig voller Narren und ich mittendrin.

Oha, das wird 'n Spaß.

Kaum weitergestolpert, komme ich in den Trakt, in dem die Privatpatienten liegen: hier ist *mehr* Platz, hat man die Qual der Wahl zwischen gleich *drei* Sandra-Bullock-Filmen, und es riecht nach getrunkenem, verschüttetem und gebunkertem Alkohol, den in rauen Mengen zu trinken natürlich dann besonders viel Spaß macht, wenn er umsonst ist, wovon gerade diese Spezies hier ohn' Unterlass Gebrauch gemacht haben dürfte.

Einer dieser vom Schnaps Gedrosselten fällt mir ganz besonders ins Auge: ein weiterer Schauspielerkollege. Er hält seinen Beutel besonders innig in den Armen, ist besonders alt und hat mit den anderen nur gemein, dass mir auch sein Name nicht einfällt. Greiflippig, mit eher zirkulär gekämmtem Haar, einer Brille, deren Gläser aus den Böden kleiner Colaflaschen gemacht sind, und umgestülpten unteren Augenlidern liegt er in Embryonalstellung vor mir, und die Art und Weise, wie er dort gebettet ist, könnte einen auf den Gedanken bringen, er habe eine Pfanne unter sich: die ganze Haltung hat etwas Verkrampft-Rheumatisches – ein ca. 1,65 m großer Hammerzeh. Es ist nicht Mitleid, was ich für ihn empfinde, sondern eher so etwas wie Dankbarkeit, weil ich nämlich feststelle, dass er lebt, denn ich kann es riechen. Es ist eine Mischung aus leckgeschlagener Minibar und dem typischen Altherren-Brodem, in dessen Epizentrum ich grad stehe. Er könnte jeden Moment aufstehen und rufen: »Ich werde 110 Jahre alt!« Die BFA würde einen ganzen Formularsatz nach mir benennen, würde ich hier und jetzt diesem Gruselgreis seine Tüte über den Kopf ziehen.

Plötzlich erinnere ich mich an die sogenannte Handlung der *Traumschiff*-Episode, für die ich hier gebucht wurde, und in der es genau um so einen alten Herrn geht. Würde mich nicht wundern, wenn ich mit dem Jopi-Double hier die meisten Szenen an Bord drehen würde. Nicht, dass ich besonders viel mit ihm zu spielen hätte, und selbst wenn: von jeher zeichnen sich die Spieler der Rollen in Soaps – und das *Traumschiff* ist nichts anderes als eine Soap, wenn auch im kolonialistischen Stil – vor allem dadurch aus, dass sie eben nicht mit dem Anderen spielen, sondern ausschließlich mit sich selbst, was dem Erfolg dieses neben der *Sendung mit der Maus* und dem Leopard-Panzer größten deutschen Exportschlagers allerdings keinen Abbruch tut; bei dieser Serie ging es ja immer schon darum, besonderes Augenmerk auf das Abfotografieren der attraktiven Motive zu verwenden und die Akteure auf eine Weise dorthineinzunageln, dass sie möglichst wenig stören, getreu dem Motto: Location vor Drehbuch! Sollte dennoch einmal die redaktionelle Todsünde begangen worden sein und es wurde ein wirklich guter Schauspieler besetzt, so muss dieser Fehler an der Front, also in all den Schützengräben Guadeloupes, der Malediven und Bahamas, ausgemerzt werden, indem der diensthabende Regisseur darauf achtet, dass der Akteur nie zu ungestelzt spricht, nie zu ungekünstelt spielt und auf diese Weise der Natur die Show stiehlt.

Eine absolute Virtuosität haben alle Traumschiffer in

den letzten drei Jahrzehnten entwickelt, wenn es darum geht, den Blick auf das Wesentliche zu richten, und wenn die Tiefenschärfe nicht längst erfunden wäre, hätte Wolfjang Rademann sie persönlich geboren. Dass man gerade im Fernsehgeschäft und dort vor allem in der Werbung und beim *Traumschiff* mit den Sehnsüchten der Menschen spielt, Träume verkauft, die sich Ottonormalverbraucher nicht leisten kann, und Illusionen anbietet, denen keiner sich hinzugeben traut, ist eine geheime Abmachung zwischen Machern, Vormachern, Mitmachern und über 10 Millionen Gebührenzahlern, die sich zweimal im Jahr sehr, sehr gerne von gegerbten, gelifteten und gebräunten Gesichtern die lange Nase der Exotik machen lassen.

Sollten die Gründer Roms, Romulus und Remus, wirklich von einer Wölfin gesäugt worden sein, so wird dies seit dreißig Jahren ein Achtel aller Deutschen von einem Wolfjang, und aus dessen Brüsten fließt Kokosmilch – mit Knoblauch.

Dass dieses televisionäre Juwel seine Geburtsstunde fast im selben Jahr hatte, in dem ein gewisser Helmut Kohl sich anschickte, seine geistig-moralische Wende zu installieren, nämlich Anfang der Achtziger, öffnet allen Verschwörungstheoretikern Tür und Tor. Haben Rademanns Mafia und der damalige Kanzler, der zeitgleich Oberbefehlshaber des öffentlich-rechtlichen Fernsehens war, gemeinsame Sache gemacht, um ein weiteres Deutschland zu annektieren, damit die Zuschauerzahl endlich von lächerlichen 6 Millionen auf eine zweistellige Millionenzahl steigen kann?

Kohl ist exakt fünf Jahre älter als Rademann, und 5 ist die Quersumme aus 23.

Hah! die Illuminaten.

Was weiß der Papst?

Bevor ich all diese Fragen über meine guten Kontakte an Pro7 weiterreiche und die darüber ein *Galileo spezial* abfeuern, werde ich versuchen, diese bezahlte Reise dazu zu nutzen, an Ort und Stelle persönlich zu recherchieren.

»Chrrr … Schmatz … Chrahchr!«

Ich schaue in die blutunterlaufen-wässerigen Augen von Kollege Hammerzeh, dessen Frau ich eben noch zur Witwe machen wollte, und der es während meines gedanklichen Spaziergangs unbemerkt von der Fötal- in die Erwachsenenstellung geschafft hat.

»Herr Heesters, Sie wollen durch?«

Ich bin fast ein wenig froh, dass ich ihn nicht gefragt habe: »Hatten wir heute schon Stuhl?«

Der alte Herr schaut mich allerdings in einem Ton an, als hätte ich ihm die ungestellte Frage gestellt, und als er anhebt, auch nur irgendwas zu sagen, fahre ich ihm in die Parade, indem ich den Weg frei mache, woraufhin er kopfschüttelnd die entgegengesetzte Richtung einschlägt und mich stehen lässt, als hätte ich Simone Rethel geschwängert.

Leicht verdattert gehe ich den Weg, den ich für ihn

vorgesehen hatte, und werde, wie die Motte vom Licht, von einem Geräusch angezogen, das mein Hirn im Ordner »Bekannt« abgelegt hat. Immer näher komme ich der Quelle und auf einmal höre ich seltsam vertrautes Stöhnen, Stöhnen, das eher durch aus- als durch einatmen zu dem wird, was es ist, nämlich dem akustischen Abbild von platzenden Äderchen in Pupillen, anschwellenden Venen im Kopf und dem Hyperventilieren von Lungenflügeln, die zu erlahmen drohen: Da kotzt sich jemand die Seele aus dem Leib.

Allerdings erinnern mich die gebrüllten Laute des Erbrechens und das gezischelte Hochziehen von Luft durch die Zähne, das klingt, als versuche ein Staubsauger den Inhalt seines übervollen Beutels durch sein Gestänge wieder loszuwerden, nicht an mein letztes Silvester oder meinen achtzehnten Geburtstag, sondern an eine Frau, die mir vor Jahren mal einen blies. Und im selben Moment formieren sich alle diese Begriffe wie »Leib«, »Saugen«, »Beutel« und »Gestänge« zu einem immer klarer werdenden Gesamtbild: Es ist eine Tiertrainerin, der ich da gerade zuhöre, wie sie über dem Klo hängt, eine Hundetrainerin, mit der ich schon einmal ge … arbeitet habe.

Ich verliebte mich damals in sie – eine braungebrannte, sportliche Endzwanzigerin mit kurzen, verwuschelten Haaren, an der alles größer war als an anderen Frauen, und wenn ich »alles« sage, meine ich auch »alles« –, sie sich aber nicht in mich. Ich litt wie ein Schwein, und wenig später erfuhr ich, dass sie in der Branche schon für viele Happy Endings verantwortlich war, nicht zuletzt deswegen immer wieder gerne gebucht wurde, da sie für eine muntere Gelöstheit im Team, zumindest unter den Männern, sorgte und daher auch ihren Spitznamen weg hatte: die Schlundorgel vom Schlachtensee.

Weitere vier Stunden später

Mir ist ein Beautycase auf den Kopf gefallen. Kein Zweifel, wir sind gelandet. Auch eine Methode, sich wecken zu lassen.

Zum Glück wusste ich nicht bereits beim Start, dass das Fach über mir nicht richtig schließt. Bestimmt hätte ich den ganzen Flug über auf die noch so kleinsten Geräusche gehört, und die der Mücke zu denen des Elefanten gemacht. Was soll's? Es scheint weder ein Triebwerk abgefallen noch auf halber Strecke die Gepäckraumklappe aufgegangen zu sein, wir haben festen Boden unter den Füßen und mein Blick durch eines der Fensterchen fällt weder auf weißen Schaum noch blau blitzendes Licht.

Wow. Panama.

Gaanz typisch, was ich da draußen sehe: Typisch panamaische Häuser, typisch panamaisch aussehende Panamaer, Panama-Hüte tragende, echte panamaische Zigarren schmauchende Herren und dort drüben, diese in der Ferne funkelnden Lichter, sind unverkennbar die des Panama-Kanals. Zum ersten Mal in meinem Leben bin ich …

»Herzlich Willkommen in Guatemala! Zu Ihrer eigenen Sicherheit möchten wir Sie bitten, noch so lange angeschnallt sitzen zu bleiben, bis wir unsere endgültige Parkposition erreicht haben. Vielen Dank! Alle Gäste, die nach Panama weiterfliegen, möchten wir bitten, in den Transiträumen zu warten!«

Gaanz typisch Guatemala, klar, eindeutig, ich meine auch, es röche hier ganz vorzüglich nach Kaffee und Bananen!

Wow. Guatemala.

Ich brauch jetzt erst mal ein frisch gebrühtes Heißgetränk, das meine Lebensgeister wiedererweckt, bevor mich irgendjemand anspricht.

»Hi, Christoph!«,

höre ich plötzlich in meinem Rücken, der sich lang gemacht hat, damit ich an mein verstautes Handgepäck komme. Wieder ist es mein Ordner »Bekannt«, der unmittelbar durch ein Pop-up-Fenster auf sich aufmerksam macht, doch so ganz möchte ich noch nicht glauben, dass ich diese Stimme kenne. Merkwürdig gescheppert, geradezu klirrend, klingt sie. Als ich mich umdrehe, sehe ich in das aufgequollene und komplett zugepiercte Gesicht einer Frau mit scharlachroter Struwwelpeter-Frisur, deren Name mir nur deshalb einfällt, weil sie sich, für ihre Verhältnisse lasziv, mit der Zunge über die Unterlippe fährt.

»Hey, Christine!«

»Christi*a*ne!«

Werde ich mit einem leicht verletzten, vor allem aber maßregelnden Ton verbessert, und das Rot im Weiß ihrer Augen und die gepresst angesaugte Luft beim Einatmen lassen keinerlei Irrtum zu: die Ex-Orgel steht vor mir. Mitten auf dem Rollfeld von Guatemala-Stadt muss ich Schlundi begegnen. Sie sieht aus, als hätte sie die letzten zehn Jahre durchgemacht, aber wer weiß, vielleicht hat sie.

»Klar. Christi*a*ne! ’tschuldige, bin noch ein bisschen … benommen!«

Sie übergeht meine Entschuldigung.

»Gibst du mir mal mein Beautycase?«

Ich beiß mir auf die Zunge, um sie nicht zu fragen, was ausgerechnet *sie* damit anfangen will.

»Gern«,

lüge ich sie rotzfrech an und greife nach meinem »Wecker«, den sie mir einen Hauch zu grapschig aus der Hand reißt, als habe sie Angst, ich könnte den Deckel öffnen und dann Trophäen oder Pröbchen vergangener Orgien entdecken. Für eine Sekunde wird mir fürchterlich übel, schnell aber schlucke ich alles, was im Zuge dieses Reflexes unter meinem Gaumensegel angespült wird, wieder runter, was eine weitere Welle gallertiger Flüssigkeit in mir hochpumpt. »Du kannst unmöglich eine dir bekannte Kollegin mit falschem Namen begrüßen und dich dann auf ihrem Gesicht übergeben!«, flüstert mir äußerst entschieden meine eigene Lenor-Frau, ich nenne sie Maria, ins Gewissen, und fürwahr, ich schlucke abermals, was nun auch der Frau, die ich mal zu lieben glaubte, nicht verborgen bleibt.

»Is' was?«,

fragt sie mich in einem Ton, in dem man in den Siebzigern an der innerdeutschen Grenze gebeten wurde, den Kofferraum zu öffnen, und ich flachse:

»Gänsefleisch ma dös Göffersch'n aouffmach'n?«

Mein Gegenüber guckt mich an, als hätte ich nicht mehr alle Tassen im Schrank, und auch ich bin mir plötzlich alles andere als sicher, ob sie tatsächlich vollzählig sind. Zum Glück spreche ich sie nicht in einer Übersprunghandlung auf den sechsten Monat an, in dem ich sie wähne, da ich zeitgleich gewärtige, dass das, was sie da vor sich herschiebt, keine einzelne, feste, große Rundung ist, sondern mehrere weich-wabbelnde Rettungsringe, die mir unter dem zeltartigen Shirt, das über ihr hängt, beinahe nicht aufgefallen wären. So bleibt mir also nur, blöde abzuwinken und noch blöder zu grinsen und beides in dem saublöden Satz gipfeln zu lassen:

»Du siehst, ich hab mich nicht verändert!«

»Aber ich oder wie?«

»Ja … nee … äh … weiß nicht, also … Muaaa-ha-ha-ha … Pfffft!«

Ihr Kopf begibt sich in eine so bedenkliche Schieflage, dass ich fürchten muss, sie kippt jeden Moment um, was sie aber nicht tut. Trutzig wie der Turm in Pisa steht sie genauso schweigend vor mir und weidet sich daran, dass ich aus der Nummer nicht rauskomme. Ich stehe da wie ein Vollpfosten. Soll ich sie fragen, als was sie hier engagiert ist? Welchen »Job« sie hier übernimmt? Für ein klitzekleines Sekündchen blitzt der Wunsch in mir auf, ein weiteres Beautycase möge auf mein Haupt knallen, denn dann hätte ich all das hier geträumt, aber Pustekuchen!

Unmöglich kann ich ihr sagen, dass sie ganz die Alte ist, denn dann wächst meine Nase und neben Struwwelpeter steht Pinocchio und das kann keiner wollen; auf der anderen Seite kann ich sie aber auch nicht mit der augenscheinlichen Wahrheit konfrontieren, um die sie ja eh weiß, und wieder mal stelle ich fest, dass mich meine Eltern zwar gut, aber für Situationen, in denen ich ganze Zwickmühlsteine um den Hals hängen habe, nicht ausreichend gut erzogen haben.

Der Gott der Peinlichkeit, der heilige Woody, hat ein Einsehen, öffnet die Schotten des Fliegers und die gesamte Meute drückt uns Richtung Ausgang, wo wir uns für einen Moment aus den Augen verlieren, für einen Moment, der aber lang genug war, dass man auf keinen Fall später hier mal wieder wird anknüpfen müssen.

Vielleicht verlasse ich etwas zu schnell den Airbus, denn in Steinwurfweite sehe ich Mr. Hammerzeh stehen, der mich wieder kopfschüttelnd anschaut. Ich hoffe, dass er schielt *und* Parkinson hat, aber er guckt in der Tat *mich* an und kann die Kopfbewegung aktiv beenden, als er unsere gemeinsame Pinscherdompteuse anlächelt und in den Arm nimmt. Die Vorstellung, dass sie jetzt bei *ihm* untenrum rummacht, lässt mich von einer Sekunde auf die andere den Glauben an die Menschheit verlieren, der aber sofort wiedergefunden ist, als ich die mittlerweile vertrauteste aller vertrauten Stimmen singen höre:

»Die Kleene is'n Jeschoss, wa? Aba fääääätt is die jeworden und dit janze Blesch inne Fresse … Muaahahahah … Pfffffffft!«

Einmal mehr bin ich ihm für seine so pointierte wie stimmige Einschätzung dankbar und zudem froh darüber, dass nur einer Rademann nachmachen kann: Rademann selber. Ich zwinkere ihm zu, soweit meine Feinmotorik diesen an Frühsport grenzenden Bewegungsablauf zulässt, und brauche jetzt einen dreifachen Kaffee.

Mir ist kein Koffer auf den Kopf gefallen, und wir sind dennoch gelandet und das, und jetzt aber wirklich, in Panama.

Unnötig zu erwähnen, dass der Kaffee in der guatemaltekischen Transitbar, die es ums Verrecken nicht schaffen wollte, einen Lounge-Charakter herzustellen, was sicher an den Unmengen von teilweise flackernden Neonröhren lag, die an der zu tief hängenden Decke ihren grellen Dienst versahen, hervorragend geschmeckt hätte – wenn denn welcher da gewesen wär. Er war aus! Einer *der* lateinamerikanischen Kaffeeexporteure schlechthin, Guatemala, hat allem Anschein nach jede einzelne Bohne ins Ausland getragen und im Gegenzug löslichen Kaffee eines schweizerischen Großkonzerns im Angebot, den ich mich weigerte, aufzulösen, also den Kaffee, nicht den Laden, woran auch ein dauerlächelnder George Clooney nichts ändern konnte, der mir zur Strafe jetzt mörderisch hämmernde Kopfschmerzen geschickt hat. Die Stewardessen der spanischen Fluglinie hatten ihren Service mit Heißgetränken kaltgestellt, weil es sich für eine so kurze Strecke nicht lohne, wie es hieß.

Wie kurz kann ein Weg sein, dass es sich nicht mal lohnt, ein bisschen Wasser zu erhitzen? Das nächste Mal nehm ich wieder meinen Bunsenbrenner und meinen fairgehandelten Ökokaffee mit und dann Gnade euch Gott! Nichts davon bekommt ihr ab! Nicht die Bohne!

Diese meine leichte Verärgerung, die ja weniger mit den Zwergen zu tun hatte, die in meinem Schädel mit Hammer und Amboss einer unschönen Arbeit nachgingen, sondern damit, dass meine eigene politische Korrekt- und Sturheit mich davon abgehalten hatte, meine Koffeinsucht zu befriedigen, da ich es schlicht nicht einsah, einem ausbeutenden Nahrungsmittelgiganten auch nur einen Dollar in den übervollen Klingelbeutel zu werfen, täuschte nicht über meine fröhliche Aufgeregtheit hinweg, endlich in Panama, das erste Mal überhaupt in Mittelamerika, angekommen zu sein.

Wow. Panama.

Mich überkommt plötzlich so etwas wie nie gekannter Abenteuergeist, neugierige Entdeckerlust, rastloser Expeditionseifer und all das muss ich auch haben, denn mein Koffer ist der einzige, den das panamaische Fließband nicht in die stickige Halle befördert hat, als es in dieser Sekunde ruckelnd stehen bleibt.

Du lieber Himmel!

Das komplette Team oder doch das, wofür ich es halte, steht bereits jenseits des improvisiert angebracht wirkenden Zollbandes, das die Demarkationslinie bedeutet zwischen den Guten im Töpfchen und den Schlechten im Kröpfchen. Jetzt hätte man noch einen weiteren Bereich gebraucht für alle gepäcklosen Aschenputtel, und als ich um mich blicke, stelle ich fest, dass es nur ein einziges Puttel gibt und das trägt den Vornamen Christoph.

Wie kann das möglich sein?

Handelt es sich um einen seeehr spätpubertären Streich unserer fleischgewordenen Knoblauchzwiebel?

Ist es vielleicht so ein infantiles Initiationsritual, das alle über sich ergehen lassen müssen die vom *Traumschiff* defloriert werden?

Oder sind *noch* höhere Mächte am Werk, die mir mal einen mitgeben wollen, da ich all meine Demut und Dankbarkeit bislang hatte fahren lassen, und eigentlich immer nur versucht habe, dieser Reise auszuweichen, statt sie auch nur ein einziges Mal mit positiver Energie und einer Verneigung willkommen zu heißen?

Zu viele Fragen. Zu wenige Antworten. Und vor allem: Kein Koffer. Meine Güte! Die Tragweite dessen wird mir erst allmählich klar: Kein frisches Hemd, keine Unterhose, kein Buch, keine DVD, kein Rasierapparat, keine Zahnspange, weder das vertraute Eau de Toilette noch das Kondom meines Vertrauens. Nichts.

Stattdessen bin ich auf unbestimmte Zeit nur mit dem ausgestattet, was ich grad trage, Hemd, Jeans, Schlüpfer, die ich nun Tag für Tag notdürftig im Becken der Nasszelle meiner Kabine werde durchwaschen müssen. Ohne »Rei in der Tube« gucke ich in die Röhre und muss bestimmt eine Seife zweiter Wahl benutzen, die aus einem fest installierten Spender tropft und schon fürs Händewaschen kaum in Frage kommt – alles, was ich zum Leben brauche, ist in meinem Koffer, meiner Hartschale, meinem Gral. Das kann nicht sein!

Ich beschließe, dass es sich bei diesem ganzen Theater hier um einen Sketch handelt, aufgeführt von Wolfgangs I. privatem Wander-Flohzirkus, dessen Hauptdarsteller mir gerade über die Leber liefen, und von allen meinen Kolleginnen und Kollegen, die danach dürsten, dem ersten freiwilligen Komiker an Bord mal eins auszuwischen bzw. zu sehen, wie humorvoll er eigentlich wirklich ist.

Und auf einmal ist es wieder da, das mit vielen Medikamenten wegtherapierte Ereignis, das Trauma, das ich mir vor einigen Jahren eingefangen habe:

Es ereignete sich in Prag während der Dreharbeiten zu dem Kinofilm *Hui Buh, das Schlossgespenst*, in dem ich den König Julius, den 111., spielte. Der Film war hochkarätig besetzt mit Rick Kavanian als meinem ergebenen Freund und Diener Charles, mit Bully in der Titelrolle, mit Heike Makatsch als meiner Geliebten und aristokratischen Frau, Gräfin Etepetete, und vor allem mit Hans Clarin in seiner letzten Rolle als treuem Kastellan des Schlosses zu Burgeck. Budget, Cast und Stoff waren Anlass genug für Europas größtes Kinomagazin *Cinema* bei den Dreharbeiten vorbeizuschauen, um eine mehrseitige exklusive Geschichte mit Fotos und Hintergrundberichten in einer der Ausgaben kurz vor Kinostart zu platzieren, in der natürlich Interviews mit den Hauptdarstellern nicht fehlen durften.

Ich wurde an einem drehfreien Samstagvormittag in die im Prager Speckgürtel befindlichen Filmstudios gebeten. Wie abgesprochen, holte mich ein Wagen an meinem kleinen Apartment, das sehr schön mitten im

Zentrum der tschechischen Hauptstadt im alten Judenviertel unweit der Moldau gelegen war, ab, und wir fuhren los.

An Werktagen brauchte man dreißig, am heutigen Samstag schätzte ich die benötigte Zeit auf unter zwanzig Minuten, und so entspannte ich mich für einen Moment im Fond des Wagens, ohne der Tatsache, dass ich den Fahrer nicht kannte und er mir einen Umschlag für den *Cinema*-Redakteur in die Hand gedrückt hatte, Bedeutung beizumessen. Kaum hatten wir nach der Hälfte der Strecke die Vorstadt erreicht, wurden wir, anscheinend routinemäßig, von einer Polizeistreife rausgewunken.

Die Polizisten in Prag sehen furchteinflößend aus in ihren schwarzen Uniformen mit den silbernen Knöpfen, den achteckigen Mützen, den hellen Streifen an den Hosenbeinen, die die Bügelfalten wie zementiert aussehen lassen, und hochgerüstet, wie sie sind.

Ich ließ mich nicht aus meinem Entspannungsmodus reißen, der tschechische Fahrer dürfte ja wohl alles im Griff haben, bis dieser aussteigen musste, da er leider seinen Führerschein nicht dabei hatte. »Ich hab meinen nie dabei«, dachte ich noch schmunzelnd, als meine Tür aufging und man auch mir, eher bestimmt als freundlich, auszusteigen befahl; zumindest reimte ich mir diesen Befehl so zurecht, da Körpersprache universell ist und mein Tschechisch etwa so gut wie mein Kisuaheli.

Ab da ging dann alles recht schnell: Ich sah noch, wie man meinen Fahrer mit Handschellen in das geostblockte Äquivalent der deutschen Grünen Minna pferchte, die sofort so schnell abfuhr, dass ich gar nicht mitbekam, dass ich, mittlerweile breitbeinig und mit den Händen auf dem Autodach, von einem der insgesamt sechs Gesetzesvertreter auf Drogen, Sprengstoff oder Was-weiß-ich-was abgeklopft, nein, relativ brutal durchsucht wurde. Meine kurzen deutsch-englischen Versuche, Klarheit in die Angelegenheit hineinzuformulieren, waren von ähnlichem Erfolg gekrönt, wie wenn man versucht, einem Naturvolk zu erklären, wer Dieter Bohlen ist.

Also ließ ich's und versuchte, Ruhe zu bewahren, was mir aber nicht gelingen wollte, denn im selben Moment konfrontierte man mich mit dem Inhalt des Umschlages, den ich dem Reporter des Filmmagazins zu übergeben hatte: Es waren Fotos leicht, aufreizend bzw. gar nicht bekleideter junger Frauen oder Mädchen, so genau konnte ich das nicht sehen, verschärften sich doch Ton und Tempo der schwarzen Sheriffs im Quantensprung. Hektisch wurde mit dem Bildmaterial vor meiner immer blasser werdenden Nase herumgefuchtelt, und ich erinnere mich noch, wie ich mich damals schon nicht entscheiden konnte, was mich denn nun am meisten um den Verstand brachte: dass ich zu Unrecht beschuldigt wurde oder dass ich nicht kommunizieren konnte.

Meine Gottergebenheit, deren Merkmale sicher darin bestanden, dass ich ebenso meine Mundwinkel hochzog, wie meine Augenbrauen, Schultern und unkontrolliert auch meine Nase, wurden von dem zunehmend ungehaltenen Sextett bestimmt als deutsche

Arroganz missinterpretiert, und ich musste damit rechnen, im Moment der Hauptschuldige für sämtliche bilateralen Missstände zwischen Deutschland und Tschechien zu sein: von der lange Zeit verfehlten deutschen Ostpolitik, über die Ausbeutung und Aussiedlung von Tschechen im letzten Jahrhundert, bis hin zu der immer noch nicht restlos beantworteten sudetendeutschen Frage.

Selbstverständlich hatte ich zu allen diesen Themen eine fundierte, glasklare Meinung, aber was nützt diese, wenn man sie nur akustisch versteht, nicht aber inhaltlich – gut, im Moment war ich ganz froh, nicht verstanden zu werden, das eine oder auch andere hätte ich vielleicht doch noch mal nachschlagen müssen.

Nichtsdestotrotz zwang mich der exekutivgewaltigste der Gruppe, der mit der lautesten Körpersprache, den Kofferraum zu öffnen. Ich verwies händeringend darauf, dass dies nicht mein Wagen sei und ich deshalb auch nicht daran dächte, irgendwelche Räume zu öffnen, gab jedoch schließlich klein bei und schloss auf.

Mir fiel fast das Gesicht auf den Asphalt: meine angstgeweiteten Augen sahen ein ca. eineinhalb Meter langes, funkelnagelneues, braun glitzerndes Sturmgewehr, eine Kalaschnikoff AK74 mit Drehkopfverschluss und Gasdrucklader. »Ach, du Scheiße! Jetzt bin ich aufgeflogen!«, stotterte ich unverständlich und merkte plötzlich, dass man das als Schuldeingeständnis hätte missverstehen können. Gleichzeitig sah ich ein merkwürdiges Grinsen über das eine oder andere schlecht rasierte Gesicht huschen, ein Grinsen, das mir

Anlass genug war, einfach mal ein paar Blitz-Vater-Unser zu beten.

Ich musste wohl unbewusst die Hände gefaltet haben, denn schon waren auch *meine* Handgelenke aneinandergekettet und das Schloss der Handschellen schnellte mit einem deutlichen, mir nur aus Western bekannten, »Krrrrrrrrtt« zu. Unsinnigerweise schubste man mich nun wieder Richtung Motorhaube und versuchte mich, gestenreich, sehr lautstark und mimisch so reduziert wie entschlossen dazu zu zwingen, das Handschuhfach auf der Beifahrerseite aufzuklappen. Ich verwies mit einem hilflosen Blick auf meine siamesischen Hände, was dem Uniformierten, der hier fürs Schubsen zuständig war, die Möglichkeit bot, noch mal zu zeigen, was er auf der Polizeischule im Riesengebirge gelernt hatte.

Wie ein Würstchen kam ich mir vor und so werde ich auch ausgesehen haben, als ich nun mit beiden Armen versuchen musste, durch das nur halb heruntergekurbelte Beifahrerfenster zu greifen, um an das sehr tief liegende Fach zu kommen. Nach mehreren Versuchen gelang es mir, es zu öffnen, und was ich zu sehen bekam, hätte mein Gesicht ein weiteres Mal auf den Boden plumpsen lassen, wenn es da nicht noch gelegen hätte: Ein bis zum Bersten gefüllter, durchsichtiger Plastiksack, der randvoll war mit einem weißen Pulver.

Mein Fahrer hatte, wie es schien, mit mehreren Arbeitgebern, mehreren Branchen und mehreren Produktlinien zu tun. Im Grunde verständlich in einer Zeit, in der der erste Arbeitsmarkt immer mehr aufweichte und in der man flexibel und mobil sein musste.

Scheiße, dachte ich, was bitte kommt als Nächstes?

Wo werden die mich hinbringen?

In dasselbe Loch, in dem schon mein Fahrer darbt und die ersten Striche an die Wand kritzelt, während er eine Kakerlake runterwürgt?

Schon hatte ich eine Hand wie eine Bratpfanne, groß, heiß und fettig, im Nacken und wurde unsanft in einen Polizei-PKW gedrückt. Ich stieß mir den Kopf an dem Blech über dem Einstieg, aber das war sogar ganz gut, denn so spürte ich mich wenigstens langsam wieder. Alle, eigentlich längst ad acta gelegten, Ressentiments »dem Osten« gegenüber brachen wie Pestbeulen wieder auf, dabei hatte ich Prag bisher für eine der westlichsten Städte überhaupt gehalten, zumindest für westlicher als zum Beispiel Frankfurt an der Oder, aber jetzt, hier in diesem klapperigen Lada, mit drei schwer bewaffneten, nur ausländisch sprechenden, übellaunigen Männern, die allesamt aussahen wie verkleidete Schwerverbrecher, und von denen ich nicht wusste, mit welchen Vorurteilen über mich sie selbst ausgestattet waren, hatte ich eher den Eindruck, Sibirien sei gleich um die Ecke.

Gibt es eigentlich noch Schnellgerichte?

Also nicht die Fünf-Minuten-Terrine und heiße Tasse jetzt, sondern diese mobilen Einsatzgerichte, die einem im Handumdrehen den Hals umdrehen konnten und alles mit höchstrichterlicher Befugnis!? Keine Ahnung, aber mir schwante Schwärzestes.

Wer sagte eigentlich, dass ich in diesem Augenblick nicht von einer besonders geschickt vorgehenden, international arbeitenden Gruppe von Kriminellen entführt wurde, einer Gruppe, die sich auf deutsche Schauspieler spezialisiert hatte?

Den Versuch, mich aus dem fahrenden Wagen zu stürzen, habe ich nur deswegen nicht gestartet, weil ich der Meinung war, ein querschnittsgelähmter König Julius käme nicht so gut an, und ich wollte nicht, dass Benno Fürmann meine Rolle übernimmt, denn dann hätte sicher die Ferres die Makatsch gespielt und Bruno Ganz Hui Buh.

Wir fuhren tatsächlich immer mehr ins Grüne, ein Grün allerdings, das nichts Einladendes oder Sommerfrisches hatte, sondern vielmehr ein Grün der Fäulnis, des Überwucherns und des Vergessens war. Ich kam mir vor wie in den Karpaten, und sicher war ich längst in diesem tschechischen Gebirge. Bestimmt war dann die Walachei auch nicht mehr weit, und vielleicht wuchs hier auch irgendwo der Pfeffer und Prag war die Partnerstadt von Canossa, und lag die nicht am Jordan? Alles ergab auf einmal Sinn, doch für Sinn war es ein wenig spät.

Mit einem Mal wurde mein Kopf nach vorne geschleudert. Der Typ vorne links hatte gebremst. »Policejní Stanice« las ich auf einem durchlöcherten und im Wind quietschenden Schild rechts vor uns, und schon wurde ich in diese Richtung abgeführt. Abgeführt – wie ein Stück Scheiße.

Moderig roch es, als wir die sogenannte Polizeistation betraten – ein Ort, den man in Deutschland nicht mal als Bedürfnisanstalt zulassen würde –, und ich sah, wie im schlimmsten *Bonanza*-Kitsch, verrostete Eisenstäbe, hinter denen sich so was wie Zellen verbargen; saß in der einen nicht sogar jemand?

Ich war schon froh, nicht über irgendwelche Skelette oder Schädel zu stolpern, wobei mich auch das nicht mehr gewundert hätte. Mittlerweile war ich in einem Maße erschüttert, das nicht mal mehr ein Seismograph hätte aufzeichnen können. Ich ertappte mich dabei, wie ich wieder und wieder Sätze in meinem Kopf vorbereitete, die alle nach RTL-Film oder ZDF-Montagskino klangen:

»Das alles muss ein Missverständnis sein!«,

»Ich habe das Recht auf einen Anwalt«,

»Lass meine Frau und meine Kinder da raus. Das ist eine Sache zwischen dir und mir!«

Unfassbar, wie nah die Fiktion an der Realität war. Oder doch eher umgekehrt? Alles verschwamm, und als läse man jetzt auch noch meine Gedanken, griff der große Klischee-Kasper in seinen Sack und holte die klassische FBI-Büroschreibtischlampe raus – die, die man immer für die Kreuzverhöre benutzt –, und schon brannte mir das Licht einer klaren 60-Watt-Birne in den Augen.

Als wolle man den stechenden Schmerz zu lindern versuchen, erfüllte auf einmal eine Stimme den Raum, die warm und ruhig war, und vor allem deutsch sprach, wenn auch gebrochen. Sie machte mich auf meine Rechte aufmerksam, brauchte dafür aber maximal dreißig Sekunden, und führte mir dann vor die immer noch geblendeten Augen, dass alle Indizien gegen mich sprächen und ich gestehen solle, das sei sicher das Beste.

»Für wen?«,

platzte es aus mir heraus, worauf ich von einer tschechischen Dampframme niedergewalzt wurde, die man auf der anderen Seite der Lampe positioniert hatte, und die mich jetzt in markerschütternder Lautstärke und sicher auch unflätig in dieser so fremden Sprache zusammenstauchte – der Klassiker: Guter Cop, schlechter Cop! Das Ganze ging gefühlte vierzig Minuten genauso weiter, immer Zuckerbrot, dann Peitsche, Lamm und Wolf, Dick und Doof, Karel und Gott, bis man mich packte und in die Zelle warf, in der ich eben schon schemenhaft einen Häftling hatte sitzen sehen.

Ein schnauzbärtiger Mann von über zwei Zentnern quoll, wie festgewachsen, über seine Bank, und ich setzte meine letzten Krümel Hoffnung darauf, dass er bitte, bitte eine Hete sein möge, denn alles andere würde mir jetzt endgültig den Arsch aufreißen. Der letztlich merkwürdig asexuell wirkende Herr stellte sich als Deutscher heraus, der vier Abende vorher, quasi von der Tanzfläche eines Freundes weg, der eine private Party gefeiert hatte, deportiert wurde und dem man seitdem anwaltliche Hilfe, warmes Essen und eine Dusche verweigerte.

Aber das sei doch nicht möglich, hielt ich schwach und zunehmend weinerlich dagegen, immerhin befänden wir uns in der Europäischen Union, auch wenn unsere Währung noch nicht die hiesige sei, müsse es doch ansonsten mit rechten Dingen zugehen, verdammt nochmal – so fluchte ich wohl –, und fünf Sekunden später platzte mein Mitgefangener. Vor Vergnügen.

Der riesige Berg vor mir fing an zu rumoren, was in ein Zittern überging und schließlich in einem Beben mündete. Dabei kippte er seinen Kopf in den Specknacken, schrie sein Lachen förmlich an die Zellendecke, und um ein Haar dachte ich, der Leibhaftige sitze vor mir und mutiere vor meinen Augen zu einer neuen Ausgeburt, als er plötzlich innehielt, die rechte Augenbraue hob, mir bedrohlich nahe kam und ins Gesicht atmete:

»Du merkst gar nichts, was?«

Als sei dies ein verabredetes Codewort, tat sich im selben Moment die Zellentür auf, die Wand hinter ihm fuhr zur Seite und aus allen Ecken und Kanten kamen äußerst geschäftig wirkende Menschen, teils mit Headsets, teils mit Klemmbrettern, in Walkies reinsprechend und auf Broten kauend, aus deren Mitte der kleinste und am wichtigsten scheinende vor mich hintrat, cäsargleich die rechte Hand hob, worauf sofort Ruhe ausbrach, und alsdann mit ausgebreiteten Armen und falschem Lachen in eine der Ecken des Raumes rief:

»Herzlich willkommen bei der *Versteckten Kamera*!«

Mein vermeintlicher Leidensgenosse ermunterte mich, es ihm nachzutun, zu lachen und in diese Ecke zu schauen, und da sah ich es dann auch: das kalte Glas eines Kameraobjektivs, so wie ich nach und nach im gesamten Raum dieser *Truman Show* für Arme Kameras entdeckte. Hatte ich meinen Zellennachbarn eben noch für den Teufel gehalten, stellte ich nun fest, dass es auf einmal ganz viele von ihm gab.

Sie lachten, winkten, umarmten mich, teilweise mit den Worten »War nicht so schlimm, ne?«, und nun kam der selbsternannte Höhepunkt: Ich durfte persönlich meinem specknackigen Kollegen die Perücke vom Kopf und den Schnurrbart aus dem Gesicht ziehen. Ich tat's. Wer nun aber denkt, dass darunter Kai Pflaume, Frank Elstner oder Kurt Felix und Paola zum Vorschein kamen, hat weit gefehlt. Es war ein mir ganz und gar Unbekannter. Ein sogenannter Lockvogel, der wie alle anderen in dem Moment, als der Aufnahmeleiter »Wir haben alles! Feierabend!« schrie, sein Lächeln zusammenfallen ließ, auf dem Absatz kehrtmachte, und innerhalb von 15 Sekunden war der ganze Raum leer und ich mutterseelenallein.

Ich hatte nicht mal mehr die Kraft, mir an den Kopf zu fassen. »Willkommen im deutschen Fernsehen!«, hörte ich mich fassungslos murmeln, aber niemand anders nahm es wahr, niemand antwortete, alle waren sie in ihrem »Feierabend«, denn sie hatten ja alles.

Ein beschissener Albtraum.

Später versuchte ich zu erwirken, dass der Mist niemals ausgestrahlt würde, nur der Sender, natürlich ein privater, hatte gar nicht vor, die Szenen mit mir zu zeigen, und in einer offiziellen Begründung, vom Pressesprecher verlesen, verlautete, man habe sich entschlossen, den Streich, den man Herrn Herbst gespielt habe, der Öffentlichkeit vorzuenthalten, weil »Herr Herbst nicht lustig genug reagiert« habe.

So, und da stehe ich nun mutterseelenallein am panamaischen Förderband, sehe in unmittelbarer Nähe meine Leute und habe den Eindruck, dass über das eine oder andere schlecht rasierte Gesicht ein merkwürdiges Grinsen huscht. Doch es gibt nicht den geringsten Anlass für mich, ein paar Blitz-Vater-Unser zu beten.

Es ist, wie soll ich sagen, eine Art posttraumatischer Reflex, aus dem heraus ich auf den sehr fetten Uniformierten mit den vielen Aaaren und der achteckigen Polizeimütze zustiebe, der auf der anderen Seite des Fließbandes Wache schiebt. Wie ein Hürdenläufer überspringe ich jedes Hindernis und drehe mich sogar noch, wie in Zeitlupe, nach hinten zu meinem Publikum um, das ich frech angrinse, worauf es aber nur mit Fragezeichen in den Gesichtern reagiert, die ich in diesem Moment noch nicht verstehen sollte. »Ich werde euch schon noch die Ausrufungszeichen ins Gesicht fräsen«, denke ich in stiller Vorfreude auf das, was ich jetzt zu tun vorhabe, nämlich dem Streich einen Strich durch die Rechnung zu machen.

Ich komme vor dem schnauzbärtigen Mann zu stehen. Er ist so überfordert von, keine Ahnung, sich selbst, dass er geradezu erstarrt, als ich plötzlich bedrohlich nah vor ihm stehe und ihm ins Gesicht atme:

»Du merkst gar nichts, was?«

Und damit packe ich seinen Schnäuzer, um ihn mit einem festen Rrrrrrruck abzuziehen, nicht ohne in die Ecke über ihm zu gucken, wo ich eine Kamera entdeckt habe, in die ich charmant hineinlächele.

Die Maskenbildnerin muss es besonders gut gemeint haben. Der Kunstbart ist störrisch, aber ich bin störrischer, und so hüpfe ich an ihm hoch und bekomme mit festem Griff sein sehr künstlich wirkendes Haupthaar zu fassen, das sich aber auch nicht lösen lässt. Zu allem Überfluss wird der Lockvogel jetzt auch noch pampig, setzt sich zur Wehr und zieht seine Spielzeugpistole. In mir rumort es, ein Rumoren, das in ein Zittern übergeht, um in einem Beben zu münden: ich lache, wie ich es noch nie in meinem Leben getan habe, lache ihn aus, und es ist die geradezu meditative Stille um mich herum und natürlich auch die geschätzten siebzig auf mich gerichteten Augenpaare, die meinen Anfall ganz langsam verebben lassen und mir dazu verhelfen, die Situation so einzuschätzen, wie sie wirklich ist.

Mir entfährt noch ein überirdisch leises »Da! Kamera!«, und im selben Augenblick höre ich das bekannte »Krrrrrrrrrrrttt!«, und der Rest ist Schweigen.

5

Sonntag, 3. Januar

Zwei Nächte haben wir noch hier in Panama verbracht. Erst heute Abend werden wir in See stechen und dann beginnt das Eigentliche, auch wenn ich das Gefühl habe, dass schon genügend Eigentliches passiert ist.

Aber vor das Schlaraffenland haben die Götter einen riesigen Berg Grießbrei gesetzt, und durch den muss man sich halt erst mal futtern. Habe den gestrigen Tag dazu genutzt, über das Erlebte hinwegzukommen. Dass ich wieder, und auch so rasch wieder, auf freiem Fuß bin, ist nur unserer polyglotten ersten Aufnahmeleiterin zu verdanken, die nicht nur fließend Spanisch spricht, sondern zudem noch so weitgereist und weltgewandt ist, dass sie sich anscheinend in jede noch so fremde Kultur aus dem Stand hineindenken kann. Im Falle des vermeintlichen panamaischen Lockvogels mit tschechischem Bart hat sie zumindest alles richtig gemacht. Denkbar ist allerdings auch, dass meine geradezu überstürzte Freilassung nicht ihrem Charme und ihrer Anpassungsfähigkeit geschuldet war, sondern einem silbernen Koffer, den ich den Besitzer wechseln sah.

Wow. Panama.

Korruption kann was Herrliches sein. Wenn sie transparent ist und man sich auf sie verlassen kann, weil alle mitmachen. Ich fürchte nur, dass mir das ZDF den Inhalt des Koffers von meiner Gage abziehen wird bzw. ich zum ersten Mal in meinem Leben eine Minus-Gehaltsabrechnung bekomme.

Möchte mich im Moment mit so etwas aber nicht beschäftigen. Das Gegenteil ist der Plan: Habe beschlossen, die knappen sechs Stunden, die ich vor der Einschiffung noch habe, dazu zu nutzen, in der panamaischen City ein paar existentiell wichtige Habseligkeiten zu erwerben. Mein Koffer ist ja nun mal weg und so ein Schlüpfer oder so ein Deo wären schon eine schöne Sache, zumal bei fast 40 Grad Außentemperatur und einer Luftfeuchtigkeit, die einen rosten lässt. Da unsere Unterkunft eher außerhalb der City liegt, wird es das Beste sein, ich schieß mir ein Taxi und lasse mich feist in die nächste Fußgängerzone kutschieren.

Zunächst aber will ich unter die Dusche hüpfen, da ich den Eindruck habe, dass mich die Sachen, die ich seit mehreren Tagen trage, dreckig machen. Inzwischen dusche ich bis zu dreimal am Tag und habe ein geradezu an Virtuosität grenzendes Talent an mir entdeckt, was das Improvisieren mit Kleidungsstücken anbelangt, die ich mittlerweile in die Ecke stellen kann.

Wow. Hygiene.

So wollte ich gestern meine Unterhose im Waschbecken mit dem Shampoopröbchen durchwaschen, das ich in meinem Bad fand, aber einfach nicht schäumen wollte.

Wie auch? Ich hatte aus Versehen zur Bodylotion gegriffen. Ich nahm das andere Tübchen und entleerte es komplett über der Hose, die längst nicht nur getragen roch, sondern auch noch nach dem Chlor des Hotelwassers und dem Parfum, das in der Lotion gewesen war. Parfum ist sicher der falsche Ausdruck dafür. Es stank nach Duftstoffen aus einem Chemiebaukasten, die die Laboranten auf eine so willkürliche Weise miteinander vermischt haben mussten, dass man von Glück reden konnte, dass es zusammen mit dem gechlorten Wasser nicht zu einer Verpuffung kam. Dieses Aroma musste allem Anschein nach sogar dem zugedröhnten Hersteller missfallen haben, sonst hätte er nicht ohne Ende Maiglöckchen dazugegeben. Maiglöckchen! Es kann ja wohl nicht angehen, dass ich die nächsten Tage rieche wie eine Schwuppe, die bei Bayer arbeitet.

Nach dem etwas voreiligen Auspressen der zweiten Tube stellte ich fest, dass auf dem Etikett »Conditioner« stand. Mittlerweile kam ich mir vor wie Tommy Jauds *Vollidiot* in Ralf Husmanns *Nicht mein Tag*. Oder kann man ein Kleidungsstück mit Conditioner waschen? Was ist überhaupt ein Conditioner? Ich selbst brauche ja seit den frühen Achtzigern nicht mal mehr Shampoo.

Ich hatte Angst. Im Spiegel vor mir sah ich hinter mir, dass auf dem Badewannenrand noch weitere Produkte meiner harrten, und diesmal wollte ich alles richtig machen. Mit sicherem Griff schnappte ich mir das Shampoofläschchen und ließ dessen Inhalt in die alkalische Suppe laufen. Es wunderte mich, dass sie nicht längst brodelte. Kräftig walkte ich die Hose durch und gab ihr den Rest mit weiterem Wasser, das aus dem Hahn platschte. Strahl konnte man das nicht nennen. Das Sieb des Perlators musste komplett verkalkt sein, und daher ergoss sich das Wasser auf eine sehr zügellos-hektische Weise. Ich war froh, dass es überhaupt nach unten lief. Eins musste man ihm lassen: Es war heiß, sehr heiß sogar – und wurde immer heißer. Das wunderte mich, hatte ich doch an dem Ventil mit dem blauen Punkt gedreht.

Nee, ne?

Hatten sich die Sanitärspezialisten, die dieses Bad eingerichtet haben, etwa mit den Wasserzuläufen vertan oder war ich inzwischen zu doof, um rot und blau zu unterscheiden? Da ich nicht wusste, wem ich allen Ernstes im Moment diese Frage stellen sollte, drehte ich einfach an dem anderen Rädchen, und es geschah – nichts. Keine Veränderung der Wassermenge, keine Veränderung der Wassertemperatur. Dieses Ventil war ein Fake und tat das, was mir drohte: durchdrehen. Dann musste ich es eben bei dem heißen Wasser bewenden und es so lange runterkühlen lassen, bis ich weiterwaschen konnte.

Ich schraubte also das gegenüberliegende, für das heiße Wasser zuständige Ventil zu, oder besser: Ich versuchte es. Es klemmte. Das darf doch nicht wahr sein! Ist denn hier alles verkalkt? Wie irre riss ich daran herum, da der Pegel der Lauge bedrohlich stieg und sich das Bad durch die aufsteigenden Dämpfe des fast schon kochenden Wassers mehr und mehr in eine griechisch-römische Grotte verwandelte. Fenster ließen sich in diesem Hotelhochhaus aus Angst vor Selbstmordversuchen nicht öffnen und selbst wenn, hätte es mir nicht geholfen, das Bad hatte keins. Und da fiel mir auf, was das Waschbecken nicht hatte: eine Überlaufsicherung! So ein Irrenhaus! Bin noch nicht mal auf dem dämlichen Dampfer und schon halb ersoffen.

Ich will nach Hause!

Dieses Montagsbecken musste von den Brüdern gebaut worden sein, die für die Wasserleitungen zuständig waren und alle zusammen hatten sie bestimmt Kölsche Vorfahren. Zu allem Überfluss passierte mit der Suppe genau das, was ich eben schon halluziniert hatte: Sie brodelte, warf Blasen und schäumte mit sich um die Wette. Erste Schaumberge rannen bereits über den Beckenrand und in ihrem Gefolge würde das Wasser sicher nicht mehr lange auf sich warten lassen. Ich hatte richtig orakelt: Der Supergau traf ein, und ich stand rum, als würde ich bei einer Party auf das Fingerfood warten.

Ich konnte einfach nicht glauben, was ich hier sah, tapste schließlich in meiner Verzweiflung ein paar Schritte Richtung Badezimmertür und überlegte, einfach die Tür zuzumachen, abzuschließen, wie der Blitz auszuchecken und den sanitärdiplomatischen Rest unsere weitgereiste und wortgewandte, mehrsprachige Aufnahmeleiterin machen zu lassen. Hoffentlich hatte sie noch einen weiteren silbernen Koffer, diesmal aber aus Gold.

Der Schaum schäumte ohne Ende, das Wasser wässerte unaufhörlich, doch mit einem Mal schien Rettung ganz nah. Über der Wanne blitzte mich etwas an, das wie ein … Haupthahn aussah. Wenn sich dieses Ventil bewegen ließ und nicht duchdrehte oder gleich abfiel und ein Fähnchen aus der Wand kam, auf dem »Ätsch!« stand, war es meine Rettung. Ich lief darauf zu, kam aber nur einen Schritt weit, weil ein gellender Schrei mich aufhielt. Es war mein eigener. Ich stand mit nackten Füßen in kochend heißem Wasser.

»Heißheißheißheißheißheißheiß!«

Damit hatte ich die Gesamtsituation auf den Punkt gebracht. Wie ein Kind in einer Pfütze planschte ich mit den Füßen herum, wobei ich eine erstaunliche Schnelligkeit und Begabung darin hatte, im Takt meines Ausrufs die Beine hochzureißen: Auf jedes »Heiß!« war ein anderes an der Reihe, und die Schlagzahl hatte was von einem Presslufthammer.

»Heißheißheißheißheißheißheißheiß!«

Ich quiekte, als könnte ich damit Einfluss auf die Temperatur nehmen, und zum Glück trieb mich meine gewagte Choreographie auf den Zimmerflur raus und nicht weiter in das Bad hinein. Meine Fußsohlen bedurften dringender Kühlung. Sie qualmten und fühlten sich auch an, als würden sie brennen, also musste ich sie löschen. Der Weg zum Wasser war mir aber durch Wasser blockiert, so dass ich an die Wanne nicht mal denken musste. Unaufhörlich hörte ich das überlaufende Becken. Es war absolut keine Zeit zu verlieren.

Da fielen meine schreckgeweiteten Augen auf die Minibar. Sie sehen und ihre kleine Tür aufreißen, war eins. All die kleinen Jim Beam- und Wodkafläschchen, die Schokoriegel, Wasabinüsschen und Chips umschloss ich mit dem Unteram und zog sie mit einer einzigen impulshaften Bewegung aus ihrem kalten Käfig. Ich legte mich auf dem grob gewebten Teppich auf den Rücken – es war mir komplett wurscht, dass ich splitterfasernackt auf dem reingetretenen Schmutz vergangener panamaischer Jahrzehnte lag – und hievte meine Beine so hoch, dass meine nach Löschwasser geradezu schreienden Füße auf dem Gitter der Bar zu liegen kamen.

Gott, tat das gut!

Warum hatte ich das nicht schon früher gemacht nach langen Wanderungen oder Drehtagen?

Bar-fuß. Herrlich.

Immer tiefer drang ich in dieses frostige Labsal ein und hätte darüber fast meine wirkliche Baustelle vergessen.

Noch war nicht die Zeit, die Füße hochzulegen. Ich erblickte, wie vom Schicksal in meinen Fokus gerückt, einen hölzernen Papierkorb unter dem Schreibtisch. Den wollte ich mir schnappen, um in ihm, wie Moses seinerzeit im Schilfkästchen den Fluss hinuntertrieb, zum mutmaßlichen Haupthahn zu schippern, und mit ein wenig Glück gelang es dann auch mir, die Fluten zu teilen.

Leider kam es anders: Ich zog meine Beine heran und der Kühlschrank folgte ihnen nach. Ich zog weiter, er zog mit. Er gab sie nicht frei. Sie mussten binnen weniger Minuten an der vereisten Rückwand festgefroren sein. Wenn ich in dieser Dampfsauna genug Luft zum Einatmen gehabt hätte, ich hätte vor Verzweiflung die komplette Karibik zusammengeschrien. Stattdessen fasste ich nach meinen Waden, riss und zog und rüttelte und rappelte, und auf einmal gab es ein Geräusch wie von einem herunterfahrenden Generator. Eindeutig: Der Kühlschrank hatte seinen Geist aufgegeben.

Im günstigsten Fall war nur der Stecker aus der Dose gerutscht. Unmöglich konnte ich jetzt so lange warten, bis das ganze Teil abgetaut war. Also richtete ich mich zur Hälfte auf, bekam das Tischbein zu fassen, zog mich an ihm hoch und kippte mit meiner Box um neunzig Grad nach vorne, so dass ich in ihr zu stehen kam.

Wow. Sportlich.

Aber natürlich noch lange nicht gut genug. Ganz und gar phantastisch wäre es gewesen, wenn jetzt eine Dame vom Housekeeping reingeplatzt wär, um dem ganzen Spuk ein Ende zu setzen, aber die Erleichterung überwog, dass niemand kam, denn sie hätte einen Deutschen gesehen, der komplett nackt in einer ausgeleerten und umgekippten Minibar festgefroren war, die sich in einem Zimmer befand, von dessen umdampften Fenstern es nass troff und dessen Flurteppich langsam die Farbe wechselte, da die Flut inzwischen den Wohnbereich erreicht hatte.

Ich musste sie stoppen. Mein Eigengewicht hatte das Verwachsen-sein mit meinem großen, frostigen Hausschuh nur noch verstärkt. Wie um alles in der Welt sollte ich mich von ihm befreien? Da kam mir die geniale Idee: Ich besann mich meines eigenen Flüssigkeitsvorrats und wollte mich freipinkeln. Die geschätzten 37 Grad, die in einem riesigen Schwall auf den eisigen Rücken des Möbels herunterregneten, würden sicher rasch dafür sorgen, dass mich der Kühlschrank freigab und so griff ich nach meinem Gemächt und forderte es mit einem gedachten »Wasser marsch!« auf, zu zeigen, was in ihm steckte.

Ich wartete und wartete, dachte den Befehl immer lauter, wartete, aber das Ergebnis war erschreckend. Ich musste einfach nicht und wäre darüberhinaus durch meine Angespanntheit sicher auch bei voller Blase nicht in der Lage gewesen, müssen zu können, und so löste sich lediglich eine einzelne, jämmerliche gelbe Perle, die auch noch danebentropfte.

Mit Würde hatte all das hier eh längst nichts mehr zu tun. Die war auch in meinem verschwundenen Koffer und klang eh immer nur nach Konjunktiv. Dann musste ich halt mit dem Schrank, wenn es nicht ohne ging. Also beugte ich die Knie, wie ich es oft genug bei Jens Weißflog gesehen hatte, hielt mich an den Wänden des Schränkchens fest und hüpfte in ruckartigen, aber kleinen, äußerst anstrengenden Bewegungen Richtung Bad. Dies gelang mir in demselben Maß, wie ich mir lächerlich vorkam, aber schließlich wollte ich keine Medaille bei der panamaischen Nudistenolympiade gewinnen. Dies war Pflicht, nicht Kür.

Ich wagte den finalen Hüpfer in das Zentrum des Übels. Um mich platschte und dampfte es in einem fort, und ich war mir sicher, dass der Arbeitsplatz des Wächters der griechischen Unterwelt nicht anders ausgesehen hatte, auch wenn der keinen Electrolux Frigo 2000 als Boot benutzt haben dürfte. Ich war mit meinem Kahn aber ganz zufrieden, vor allem, weil er dichthielt und der siedende Sud keine Chance hatte, mich ein weiteres Mal zum Gespött meiner Selbst zu machen.

Just in diesem Moment schwamm etwas Bekanntes an mir vorbei, nur um ein Vielfaches geschrumpft. Meine Unterhose. Hoffnungslos eingelaufen und in dieser Größe nicht mal mehr in der Lage, ein Ei zu bedecken.

Doch schließlich gelang mir das schon kaum mehr für möglich Gehaltene: Ich war dem Haupthahn so nah wie nie. Ich beugte mich weiter vor, ohne den Halt zu verlieren, erwischte das Ventil und drehte es zeitgleich mit einem Stoßgebet nach rechts. Ich drehte und drehte und gab die Hoffnung nicht auf, dass mein Tun irgendeinen richtungsweisenden Einfluss auf dieses Drama haben könnte, und – es war wie ein Wunder: die Quelle versiegte, der Wasserfall verebbte, und ich tat eine letzte, die entscheidende Drehung, und siehe, alles ward ruhig und tiefer Frieden lag über den Wassern.

Wow. Panama.

Mein stoßweise gehender Atem war das Einzige, das die Stille durchbrach. Ich war nassgeschwitzt und hatte eiskalte Füße, Füße, die langsam wieder ihrer eigentlichen Tätigkeit nachgehen konnten, da der Gletscher unter ihnen nachgegeben hatte, und dann dachte ich:

»Ich glaub's nicht! Jetzt regnet's auch noch!«, da ich ein lauter werdendes Prasseln von draußen hörte. Fast freute ich mich über die unerwartete Erfrischung für dieses von Hitze so gebeutelte Land, als ich fassungslos um die Ecke schaute: Hitze und Dampf mussten für das Unfassbare gesorgt haben: In meinem Apartment war die Sprinkleranlage angegangen. Ich war in Schockstarre, hatte genug damit zu tun, mich am Leben zu erhalten, und selbst das schien mir nicht mit Sicherheit zu gelingen. Durch diesen subtropischen, häuslichen Regen hindurch, der auf mich, einen Fernseher, eine Ledercouch und ein Bücherbord niederging, nahm ich plötzlich draußen – ich war auf der sechzehnten Etage – die Umrisse eines Objektes war, eines Objektes, das flog.

»Jetzt bin ich fällig. Oder reif. Je nachdem«, war mein letzter Gedanke, als mit einem lauten Knall die größte Scheibe des Zimmers in tausend Einzelteile zerbarst und ich mir reflexartig eine Hand vor das Gesicht und die andere vor meine Scham hielt, obgleich ich genügend Scham bereits in meinem Gesicht vermutete. Wie eine marmorne griechische Skulptur muss ich da gestanden haben, als sich das unbekannte Flugobjekt als Helikopter entpuppte, dessen schwarz gekleidete Besatzung zu rufen schien. Riefen sie nach mir? Ja! Ja, sie schrien geradezu, winkten, immer lauter, immer heftiger, und vorsichtig tat ich einen Schritt nach dem anderen, einen nach dem anderen, bis ich der schwindelerregenden Höhe gewahr wurde, in der ich mich befand und die ohne Scheibe noch mal eine ganz andere Ansage war.

Klein und bunt sausten die Autos zu meinen Füßen herum, eine große Menschentraube hatte sich vor dem Eingang des Hotels gebildet, die zu mir hochschaute und in deren Mitte ich ein großes, leicht faltiges Kreuz sah, das ich erst auf den zweiten Blick als Sprungtuch identifizierte. »Jetzt übertreiben die aber wirklich. Das bisschen Wasser!«, meinte ich zu mir, woraufhin eine der Einsatzkräfte aus dem Hubschrauber auf Englisch zu mir rüberrief, ich solle springen, sonst müsse ich sterben, das ganze Haus stehe unter Wasser.

Anschreien lasse ich mich schon mal gar nicht, schrie ich zurück, und dass ich ja wohl eher stürbe, wenn ich springen würde, was er mit einem auf mich gerichteten Gewehr beantwortete, das mir noch mal mit ganz anderer Eindringlichkeit die Ernsthaftigkeit seiner Aufforderung vor Augen führte. Es war jetzt nicht der richtige Augenblick für Diskussionen, aber es war niemals der richtige Augenblick, von einem Hochhaus zu springen, wenn nicht wirklich offensichtlich Lebensgefahr bestand.

Von der anderen Seite des Raumes hörte ich plötzlich ein leises »Housekeeping! Housekeeping!«, und das brachte mich auf die rettende Idee, selbstverständlich, wenn überhaupt, durch das Treppenhaus nach unten zu gehen. An meinem Adamskostüm konnte ich nun mal nichts ändern, und schon nahm ich die Beine in die Hand, lief so schnell ich konnte zur Apartmenttür, worauf die fliegende Einheit unglaublicherweise eine Salve auf mich abfeuerte. Ich duckte mich weg, der Regen gab mir zusätzliche Deckung, und ich erreichte schnaufend und unverletzt die Tür, die ich sofort aufriss. Vor mir stand Wolfjang Rademann, nass bis auf die Knochen, vollkommen nackt, wie ich, aber mit einer Plastiktüte in der einen Hand und einer Scheibe Brot in der anderen, die mit einer dicken Schicht Butter überzogen war und in der kleingeschnittener Knoblauch stak. Er starrte mich an und sagte schließlich:

»Samma, wat machst du eijentlisch für 'ne Scheiße. Willste misch ruinieren? Ick wusste, dit war n Fehler, disch mitzunehm'. Du machst allet nur kaputt. Und jetzt iss!!«

Und damit streckte er mir seine getoastete Stinkbombe entgegen, die sich drohend an meinen Mund heranarbeitete.

»Nee, nee, jetzt nicht, Wolfgang! Ich hab gerade andere Sorgen!«

»Du isst jetze!«

»Nein, bist du verrückt?! Meine Füße stehen in Flammen, ich sauf hier ab, hab grad meine Unterhose verloren und soll jetzt deinen Scheiß-Knoblauch essen?«

»Iss oder spring!«,

schrie er mich an und kam mit seinem wuchtigen, behaarten Leib und dem Brot in der vorgehaltenen Hand auf mich zu.

Ich weiß nicht mehr, wovor ich entsetzter zurückwich: seiner Erscheinung, an der vieles hing und manches baumelte, oder dem angebissenen Etwas, das er wie eine ABC-Waffe pendelgleich vor mir hin- und herbewegte, als wolle er mich hypnotisieren. Unmerklich beschleunigte Wolfjang sein Tempo, trieb mich weiter vor sich her und stoppte die Verfolgungsjagd erst einen Schritt vor der klaffenden Wunde des Raums, die eigentlich ein prächtiges Panamapanorama bot.

In der Winzigkeit einer Schrecksekunde blickte ich unvorsichtigerweise nach draußen und war kurz davor, über das Kuckucksnest zu fliegen. Da war kein Hubschrauber mehr, keine Menschenansammlung, kein Sprungtuch und, das hatte sich total meiner Aufmerksamkeit entzogen, die Sprinkler in meinem Zimmer waren aus und tropften nicht mal mehr.

Als ich mich wieder umdrehte, war Rademann verschwunden, aber er hatte mir unbemerkt was dagelassen: seine Stulle. Sie lag unmittelbar zu meinen Füßen.

Erleichtert und entsetzt zugleich atmete ich einmal tief durch, machte einen Schritt in den Raum, trat mittig auf die fettige Scheibe, rutschte aus und kippte nach hinten weg. Strauchelnd fuhrwerkte ich nach Halt suchend mit den Händen rum, griff um mich, boxte regelrecht Löcher in die Luft, aber es war zu spät. Mit einer Scherbe in der Hand, die ich als Einziges zu fassen bekommen hatte und die sich wie ein Pfeil durch meine Handinnenfläche bohrte, aus der sich spritzend nun mein Blut ergoss, fiel ich, vielleicht eine Armlänge vom Hochhaus entfernt, in Richtung Hotelvorplatz hinab und schrie das, was alle schreien, die so etwas so oder so ähnlich schon mal erlebt haben:

»NEEEEEEEEEEEIIIIIIIIIIIIIIIIIIIIIIIIIIIIN!!!!!!!«

Wow. Schwerkraft.

Ich klatschte auf. Es tat gar nicht weh. Geradezu weich war ich gefallen. Auf dem Bauch war ich gelandet und hatte Angst, an mir runterzugucken. Ich tat es dennoch und sah einen nackten, unversehrten Körper und unter ihm einen reich verzierten Teppich mit mir unbekannten Schriftzeichen. Wo war ich? Ich schrägte den Kopf ein wenig an und meinte … – das konnte nicht wahr sein! –, noch etwas weiter bewegte ich mich herum, bis ich mich um 180 Grad gedreht hatte, und da sah ich, doch, es war wahr, die Buchstaben »M« und »S« und dahinter den Namen meines Geburtslandes. Ich war auf dem Traumschiff.

Leicht hob ich den Kopf, so weit, wie mein schmerzender, steifer Nacken das zuließ, und sah im Fernseher Jack Baur in *24* herumlaufen, durch Scheiben springen und mit Hubschraubern fliegen und Leute anschreien. Ich war nicht auf dem Traumschiff. Sondern immer noch im Hotel.

Nie, niemals mehr wieder wollte ich nach einem 15-Stunden-Flug mit einer Actionserie zu Bett gehen.

6

Montag, 4. Januar
auf ihr

Da bin ich nun. Eben noch im Flieger und zack! auf dem Schiff. Hat doch gar nicht wehgetan. Weher tut auf jeden Fall das Ziehen einer Wurzel ohne Betäubung. Und gemerkt hab ich's auch kaum. Regelrecht verschlafen habe ich den großen Augenblick des Betretens dieser schwimmenden Kulisse, so müde und fertig war ich. Man hätte mich mit den Füßen zuerst an Bord bringen können, und ich hätte es nicht mitgekriegt.

Was ich noch weiß oder zumindest diffus hinter dem Schleier meiner komatösen ersten Albtraumnacht zu erinnern glaube, ist, dass ich ein bisschen enttäuscht war, als ich vor dem Schiff stand. Ich hatte es mir größer vorgestellt, aber das hat es mit Dustin Hoffman, Robert de Niro und Robert Redford gemein, wie die Tatsache, dass es sich bei allen vieren um Auslaufmodelle handelt.

Auch diesen Dampfer haben die Fernsehkameras bislang auf eine Weise in Szene gesetzt, dass man denken musste, er sei doppelt so hoch und doppelt so breit. Es ist eben alles eine Frage des p.o.v., des »point of view«, und eine Kamera, die deutlich unterhalb des zu filmenden Objektes steht, verzerrt die Wirklichkeit dergestalt, dass es machtvoll, potent und würdig aussieht, und genau das ist die Lieblings-p.o.v. in dieser Serie, in der es ja ausschließlich um die Verzerrung von Wirklichkeit geht. Wie jeder Mensch eine Perspektive, und zwar die richtige, braucht, so verhält es sich auch mit diesem Pott, der letztlich nur eine stählerne Diva mit ungeheuren Maßen ist. Um ihren schlanken Körper trägt sie ein rotes Band, das ihren wohlgeformten Proportionen noch mehr Üppigkeit verleiht. Sie ist von vorne wie von hinten eine Augenweide, die den Vergleich mit Gleichaltrigen und sogar Jüngeren nicht scheuen muss, und erstklassig ausgestattet.

Wenn sie ablegt, und zwar komplett, greifen die Frauen zum Taschentuch, während die Männer zu strahlen anfangen; so manch einer würde sicher gerne mal an ihr rumschrauben, allerdings ist sie nicht leicht zu erobern und wenn, dann ist es eher sie, die einen abschleppt. Zuweilen wird sie deswegen auch despektierlich als Fregatte bezeichnet, was ihr aber zu Recht am Heck vorbeigeht. Wenn sie sich bewegt, ist es eher ein Gleiten, und ohne jede Arroganz, sich ihrer Selbst aber sehr wohl bewusst, hat sie sich den eigenen Namen auf ihren Bauch schreiben lassen.

Geradezu bullig sind ihre Augen und gewähren einem tiefe Einblicke. Überhaupt ist sie bestens in Schuss, trotz der Brücke, die sie trägt, und für ihr Alter hat sie noch ganz schön Auftrieb. Nach oben hin verjüngt sie sich und hat ständig alle Antennen ausgefahren: sehr aufmerksam ist sie, sie peilt alles, und wen sie einmal auf dem Schirm hat, den übersieht sie so schnell nicht mehr, wobei jeder gut daran tut, ihr auszuweichen. Sie ist schon eine Flotte! Über die zwei Laster, die sie hat, lässt sich geflissentlich hinwegsehen: Sie qualmt wie ein Schlot und hat ständig eine Fahne. Darüber lässt sich vor allem vor dem Hintergrund hinwegsehen, dass sie, wie kaum eine andere, im internationalen, gefährlichen Fahrwasser zu Hause ist und den Beweis dafür schon sehr, sehr früh erbracht hat, nämlich noch als Jungfer auf ihrer Fahrt nach Skandinavien, dessen sprödem Nordvolk sie vor Verzückung das Wasser in die Augen trieb.

Spätestens seit dieser Zeit ist sie einer der meistfotografierten Stars ihrer Zunft, eine Zunft, in der nicht wenige bereits nach kürzester Zeit sang- und klanglos untergehen – entweder weil sie sich schlicht zu viel aufgeladen haben oder weil sie sich genau einmal zu vehement haben volllaufen lassen. Die Branche ist in diesen Momenten gnadenlos, und viele der eben noch Gehypten enden nur allzu oft als Wracks, nachdem man sie ausgeschlachtet hat. Maximal Vertreter der Finanzbranche sind es dann noch, die sich für sie interessieren, doch auch die schreiben sie meistens sehr schnell ab. Der einen oder anderen wird zuweilen versucht, mit einem Face-Lifting auf die Sprünge zu helfen, nur selten aber gelingt es den dann meistens schon recht Abgetakelten, die Fahrt wieder aufzunehmen, zu hart ist das Geschäft, zu groß die Konkurrenz durch diejenigen, die sich zu Dumpingpreisen geradezu prostituieren, meist aus dem südostasiatischen Raum kommen und für alles und jeden sofort Flagge zeigen.

Dies alles sind aber für sie zum jetzigen Zeitpunkt noch überhaupt keine Gefahren, zu sehr ist sie mit allen Wassern gewaschen, geradezu abgebrüht, zu eisern trotzt die Lady bislang den größten Wechselbädern ihrer Karriere, auch wenn ihr der Gegenwind manchmal doch sehr heftig ins Gesicht weht. Viele haben beispielsweise Angst, dass sie auch noch sinkt, so wie es die eine oder andere vor ihr bereits getan hat. Dafür ist sie aber viel zu vorsichtig, und sollte sie mal lecken – und dies in aller Öffentlichkeit –, so wird man sich eher Sorgen um sie machen, als sie zu verhöhnen, und ihr wünschen, dass sie bald wieder außerhalb der Presse Wellen schlägt.

Sie macht einfach was her mit ihren 175 m Länge und den 23 m Breite, die dennoch den nötigen Tiefgang nicht vermissen lassen – über 5 m. Kein Geringerer als Richard von Weizsäcker taufte sie seinerzeit auf ihren Namen, und dem Alt-Bundespräsidenten war damals anzusehen, wie gern er sie vollspritzte.

Alle kann sie haben, nicht jeden lässt sie ran und doch ist die Zahl derer, die sie in sich aufgenommen hat, unüberschaubar hoch, Platz genug hat sie. Wie alles, ist auch dies eine Frage des Geldes. Sie steht nach wie vor im Saft, wird gut gebucht, und die Anfragen reißen nicht ab. Es ist ein ständiges Kommen, bislang ist aber auch jeder wieder gegangen, wenn auch mit verklärten Augen und einem ganz neuen, nämlich geweiteten Horizont.

Endgültig in den Hafen einkehren, um dort dann vor Anker zu gehen, wird sie noch lange nicht, zu umtriebig ist sie, zu wechselhaft, zu weitgereist. Ich hätte sie gern zur Freundin, denn sie ist keine für eine Nacht. Ich denke aber, es wird eher auf eine Affäre rauslaufen. Auf jeden Fall habe ich plötzlich Lust auf sie.

7

Dienstag, 5. Januar, 10.17 Uhr

Gestern Abend war warm up, das heißt, alle Teammitglieder und Schauspieler wurden einander vorgestellt. Wie immer auf solchen Veranstaltungen, stellen alle gemeinsam sehr schnell fest, dass man sich nichts zu sagen hat. Die Menschendarsteller stehen in eigenen Ecken zusammen, und dass sie zu der jeweiligen Gruppe gehören, wird spätestens mit Blick auf deren weiblichen Angehörigen klar. Hechelnd scannen deren sich unentwegt bewegende, stark geschminkte, gern auch mit Sonnenbrille bedeckte, Augen einander ab, schätzen Größen, vermessen Falten, berechnen Körbchen, vergleichen Hintern, bewundern Verhasstes und zeigen frisch gebleachte Zähne.

Zwei Weißweinschorlen später finden sie alles »unglaublich« oder »spannend« oder sogar »unglaublich spannend«. Außerdem wird vieles gleich »verehrt«, manches sofort »geliebt«, und der Ausdruck größter Sympathie ist die wahllose Vergabe von Mobilnummern und Email-Adressen und die zügellose Abgabe von Beteuerungen, »beste Freundinnen« zu sein, sich »nie mehr aus den Augen verlieren« zu wollen und dass man »immer schon mal miteinander drehen« wollte.

Dies findet wohlgemerkt nur unter den Spielerfrauen statt und niemals geschlechtsübergreifend. Bei uns männlichen Talenten geht all dies genauso ab, nur ganz anders. Wir stehen auch in einer Ecke, schweigen und gucken – zu den Frauen. Es ist wie damals auf dem Schulhof oder noch damaliger mit der Keule in der Hand am Feuer. Da sich unsere Münder nichts zu sagen haben, lassen wir unsere Augen sprechen, die Blicke in die andere Ecke senden, in der Hoffnung, dass sie Empfänger finden. Zwei Weizenbiere später versuchen wir dann erste Zellteilungen oder zumindest Schnittmengen. Wir geben uns locker, was wir aber gerne mit aufdringlich verwechseln, und derjenige von uns, der sich entblödet, gleich am ersten Abend nach Mobilnummern und Email-Adressen zu fragen, hat nix verstanden oder wird für schwul gehalten.

Fand mich bislang stets doof an solchen Abenden, was mir aber immer erst tags drauf auffiel. Auch an diesem Kennlernabend nerv ich.

Wir sitzen alle im Gourmetrestaurant des Schiffes, von der Hand Gottes in Vierer- oder Sechsergrüppchen an die mit Messerbänkchen und Damastservietten drapierten Tischchen gewürfelt, wobei ich den Sechser im Lotto habe, zusammen mit der mir bekannten, auf männliche primäre Geschlechtsmerkmale fixierten Kollegin, dem aschgrauen und eigenwillig frisierten Methusalem des Ensembles und, als Zusatzqual, der Werbeikone der deutschen Spinatindustrie, einer gewissen Sabine Sassmann, einsitzen zu dürfen. Die Letztgenannte habe ich auf meinem nächtlichen

Streifzug durch den Airbus also richtig als Botschafterin des eisenhaltigen Gemüses identifiziert und heute Abend wird mir auch klar, warum sie in den Spots nicht sprechen muss – sie kann es nicht. Schon nach ihrer Selbstvorstellung muss ich mir die Brille putzen, denn zu allem Übel verfügt ihr Name gleich über vier der schlimmen Konsonanten, die sie nicht in der Lage ist, ohne Ausfluss zu artikulieren: Sssabine Ssssasssssman.

Als sie mir dann noch ihren Spitznamen als Rufnamen anbietet, nämlich »Sabsse«, lasse ich meine Brille an diesem Abend ab. Lispeln kann man das schon nicht mehr nennen, was sie da tut. Der Duden hat für diese Art des Anschlags keinen Begriff, und ich halte es eher für einen Fall für das Den Haager Kriegsverbrechertribunal. Besetzt ist sie in dieser *Traumschiff*-Episode aber sinnvoll, da sie keine Germanistikstudentin zu spielen hat, die ständig aus den *Buddenbrooks* vorliest oder die Gedichte Rilkes zitiert, sondern eine Gehörlose, deren einziger zusammenhängender Satz lautet: »Ooohaaooaaaaba!« das sollte sie hinkriegen, wenn sie ihn nicht noch umschreibt und sich ein »s« reinschmuggelt.

Vor uns hat man selbstgebastelt aussehende Namenskärtchen gefaltet. Würde mich nicht wundern, wenn Rademann dafür extra einen Origami-Kurs belegt hätte. Ich schiele zu dem papiernen Häuschen unseres männlichen Mitessers, entnehme ihm den Namen Adolph Zaluskowski und hoffe, dass Sabine ihn duzt. Habe diesen Namen noch nie gehört. Wo Wolfgang den wohl her hat? Vielleicht hatten Rademann und unser Regisseur zusammen eine Leiche im Keller, und genau die sitzt jetzt vor mir?!

»Naaaaaaa! Wie geht's?«

Ich versuche mich als selbsternannter Eisbrecher, worauf mich die sechs toten Augen von London fixieren und unisono fragen:

»Wem jetzt?«

»Fangen wir mit dir an, Schlun … äh … Christin … äh … Christiane!«

»Wie soll's mir schon gehen? Ich bin fett geworden, mein Gesicht ist aufgedunsen und es gibt kaum 'ne Körperstelle, die ungepierct ist.«

Adolph nimmt sie in den dünnen Arm und zieht sie asthmatisch an sich.

»Ja!«

Das ist das Erste, was ich ihn überhaupt jemals sagen gehört habe und es klang verdächtig nach Opa Hoppenstedt, während er ihr verboten liebevoll einen Kuss ins Haar drückt und ich beobachten kann, wie sie seine Zärtlichkeit mit einem Streichen über seinen rechten, ausgemergelten Oberschenkel erwidert. »Der Großvater fährt mit seiner Enkelin in die Flitterwochen«, denke ich, sagen tu ich aber:

»Wow.«
»Wie wow?«,

fragt Christiane, und ich lenke ab:

»Das hier ist ja genau das richtige Restaurant für mich!«
»Wieso? Weil's hier Miesmuscheln, Morchel und arme Ritter gibt?«
»Nee.«

Ich überhöre ihre schlagfertige Frechheit.

»Weil es ›Vier Jahreszeiten‹ heißt!«

Wieder werde ich wenig denkstark angeglotzt.

»Hallo!? Jah-res-zei-ten!?«

Ich zeige dabei auf mich. Zum Glück werden wir vom Sommelier unterbrochen, der uns mit funkelnden Augen seine Weine anpreist und ich höre mich einen weiteren Scherz machen:

»Sagen Sie bloß, das Schiff ist unterkellert?«

Der Weinkellner lächelt, allerdings eher höflich als ehrlich, die anderen drei am Tisch sind nicht mal höflich. Er lässt uns wissen, dass die Weine in großen Vinidoren bei gleichbleibender Temperatur gelagert würden und man damit bessere Erfahrung gemacht habe als mit großen Käfigen, in denen man die Flaschen hinter sich herzöge.

Alle lachen über diesen Brüller, ich finde ihn eher mittel, bin aber höflich. Da die Produktion zahlt, entscheiden wir uns für einen biologisch angebauten, australischen Shiraz aus dem letzten Jahrtausend. Endlich haben wir etwas Verbindendes gefunden: wir vier sind alle Parasiten, die den Wirt mal so richtig bluten lassen wollen. Darüberhinaus hat auch jeder Filmfuzzi einen Raubtiermagen. Er kann viele, viele Tage lang ohne Nahrung auskommen, um sich dann aber mit einem Mal den Wanst über Gebühr vollzuschlagen, vor allem, wenn es nichts kostet. Für ein richtig schönes Kennlerndinner ist die Gemeinsamkeit, dasselbe charakterliche Defizit zu haben, natürlich nicht ausreichend und so schleppt sich der Abend dahin wie das Schiff, auf dem er stattfindet.

Zucke mehrfach zusammen, weil mich unter dem Tisch Beine berühren. Ob mit Absicht oder ohne, vermag ich nicht zu sagen. Ich zucke auch eher, weil ich glaube, es seien die weißlich-faltigen Stelzen von Hammerzeh. Die Vorstellung, er könne mich absichtlich mit ihnen berührt haben, wird nur davon übertroffen, dass es auch die elefantösen Stummel meiner Ex-Bläserin gewesen sein könnten. Es wird sich nicht klären lassen, es sei denn, einer der anderen Kollegen im Saal hat seine Handykamera draufgehalten, dann werde ich das Filmchen nämlich morgen auf YouTube finden mit den Stichworten »Fußfetisch«, »offene Beine« oder »Bäääääh!«

Kulinarisch zeigt sich der Abend von seiner allerbesten Seite.

Es gibt Hummer, so frisch, als sei er erst vor zwei Minuten lebendig in siedendes Wasser geworfen worden, um dort dann stumm schreiend elendig zu verrecken. Der Hauptgang besteht aus einem kross gebratenen Rippendeckel vom Ibericoschwein an friaulischer Spinatpolenta mit einem handgeschnittenen Artischocken-Büffelmozzarella-Salat oder wahlweise frühem rheinischem Sauerbraten, also vom Fohlen, mit Püree der Kartoffel.

Ausgezeichnet hat alles gemundet, selten so gut gespeist, wird mir von allen Seiten bestätigt, zu dumm nur, dass ich Vegetarier bin. Aber auch meine Eiernudel ist so was von gut durch, und das fingernagelgroße Stückchen Butter, das in ihrer Mitte liegt, ist die schmelzende Krönung der ganz und gar ungesalzenen fleischlosen Alternative.

Satt ist was anderes. Halte mich aber zu vorgerückter Stunde an der Eisbombe schadlos.

Das Einzige, was alle richtig up-gewarmed hat, war die Rede Wolfgang Rademanns, der wie das Oberhaupt einer Familie zu uns sprach, und zu der es eine der zahllosen Spirituosen gab. Unglaublich, wie er es auch mit angeknipster Lampe noch schafft, Worte zu finden, die er nicht nur verständlich auszusprechen in der Lage ist, sondern mit denen sich ein jeder ganz individuell angesprochen und gebauchpinselt fühlt – zwischendurch meinte ich die entfernten Klänge einer Orgel zu hören.

Als persönliches Betthupferl stellt sich mein letzter und auch längster Dialog des Abends heraus, der sich vor den Toiletten des Restaurants abspielt. Bin grad auf dem Weg dahin, als mir auf halber Strecke eine Dame entgegenkommt. Schätze sie auf 110 – Kilo natürlich, das Alter ist schlicht unschätzbar, da sie die rundeste Person ist, die ich jemals gesehen habe. Sie ähnelt einer überdimensionierten Marzipankartoffel, die sich allerdings als Cremetörtchen tarnt, denn sie trägt zu einem eierschalenfarbenen Kostüm, unter dem ich ein Fatsuit vermute, ein Hütchen auf ihrer 60er-Jahre-Frisur in der Farbe einer Cocktailkirsche.

Zudem riecht sie nach umgekippter Sahne, die geruchlich eine explosive Mischung mit ihrem Eau de Cologne eingeht. Ihr Gesicht, so möchte ich es einfach mal bezeichnen, ist allerdings das Erstaunlichste: es hat nicht nur den Faltenwurf, sondern auch den Farbton getrockneter Feigen, ihre Zähne sind unnatürlich groß, kalkweiß und auf dieselbe Länge geschliffen, und senkt man den Blick, so ist da einfach kein Hals, denn davor hängt ein zweites Kinn, das ein Special-Effect-Maskenbildner nicht besser hätte dranflanschen können, und das mich an den mit vielen Fischen gefüllten Beutel eines Pelikans erinnert. Wie zum Ausgleich ist sie wahnsinnig freundlich, lächelt mich geradezu flirtig an und flötet in breitestem Schwäbisch:

»Sind Sie net …?«

»Ja, der bin ich!«,

unterbreche ich sie, da ihr mein richtiger Name eh nicht einfallen wird und ich im Moment keinen Bock habe, den Namen des bewussten Versicherungsangestellten zu hören.

»Hanoi, dass ich Sie amol kennelerne. Toll. A ganz andre Stimm henn Sie joa, aber Sie sehed genauso aus wie in Ihrer Särie!«

»Na ja, ein bisschen was fehlt da schon noch, oder?«

Ich streiche mir über Mund und Kinn.

»Sicher, sicher. Sie sind jetzt net gschminkt und glänzed sehr schtark. Wie goaht es Ihne denn inzwische?«

»… äh … inzwischen?«

»Na ja, ma liest ja so allerhand, und in ledzschder Zeit ging's do net so guat.«

Mich ärgert, dass anscheinend wieder irgendein Mist in irgendeinem Schweineblatt geschrieben worden ist und meine Pressefrau mir das nicht mitgeteilt hat.

»Alles gut, alles gut! Danke, dass Sie fragen. Total gut.«

»Saged Sie, und Sie spieled da ja wohl nur a Rolle, nicht? Wie schaut's denn mit de Fraue in Ihrem Läbe aus?«

Ich befürchte, dass sich der freundliche Erdapfel hier auf die Reservebank setzen will.

»Danke!«, beschwichtige ich, »ich komme zurecht und zum Zuge. Sie müssen sich auch da keine Sorgen machen!«

»Ach Gottle, Hauptsach, Sie benutzed Kondome. Stelled Sie sich emal vor, jemand wie Sie pflanzt sich uf emal ford!«

Plötzlich prustet sie los, und ich beschließe, lieber das Klo in meiner Kabine auszuprobieren.

»Dann … geh ich mal rasch eins überstreifen!«,

sage ich noch lächelnd und schummle mich an ihr vorbei.

»Guts Nächtle! Und schee, dass wa uns hier an Bord jetztadle öfters mal sehen. Tschüssle, Herr Uecker!«

Ich schlafe unruhig in dieser Nacht.
Mir ist sehr warm.

8

Die Nacht darauf

Wieso ich?

Was hab ich ihm getan?

Was hab ich falsch gemacht?

Warum rächt er sich so urplötzlich, dieser – Montezuma?

Seit einigen Stunden sondert mein Bauch Geräusche ab, als solle die neue Kölner U-Bahn auch durch meinen Körper geführt werden. Fühlen tu ich mich allerdings wie das Stadtarchiv. Es rumpelt, hämmert und klopft, und zum ersten Mal wurde ich dieser, nun, Kakophonie gegen 2.35 Uhr gewahr.

Ich wachte aus der Tiefschlafphase kommend auf und sagte einfach nur: »Herein!«, bis ich der Quelle der neuen Tonkulisse auf die Spur kam, ohne zum Glück eine zu sehen. Das Einzige was nass, ja, geradezu pitschnass war, war mein T-shirt. Ich musste unglaublich geschwitzt haben, so als habe mein Verdauungsapparat sich auf unkonventionelle Weise einiger Dinge zu entledigen versucht, indem er sie einfach von innen nach außen drückte, mit meiner Haut als Sieb. Immerhin, das hatte ich mal in einer Zeitschrift gelesen, ist die

Haut das größte Ausscheidungsorgan des menschlichen Körpers. Mir war nicht klar, dass mein Zwölffingerdarm diesen Artikel auch gelesen hatte.

Und so liege ich denn hellwach, äußerst geräuschvoll und überzogen von einem wächsernen Glanz wie eine kandierte Gurke in meinem feuchten Bettchen und musste lächeln, weil mir ein viel treffenderer Name für diese unsere schippernde Herberge einfällt: Hotel Inkontinental. Das Beste wäre wohl gewesen, mal eben bei meinen allzeit hustenden Nachbarn zu klopfen, die man gemeinhin ja nach Zucker oder Salz fragt, die ich aber jetzt einfach nur um eine Windel bitten würde. Schlechter Plan um halb fünf in der Früh. Oder ist das eh ihre übliche Zeit zum Wechseln? Ich weiß es nicht.

Wie auf einer Wasserrutsche, mit mir als Bob, gleite ich in mein kleines Bad, weil ich mich nach einer reinigenden Dusche zunächst mal trockenlegen will. Während des Duschvorgangs gucke ich durch das Plastik meines Duschvorhangs, und meine verquollenen Augen erblicken die weiße, spiegelnde Mahnung aus Keramik, die trutzig zu meinen nassen Füßen auf dem Boden steht, bereit, alles in sich aufzunehmen, was ich anzubieten habe.

Ich habe Angst, mein innerer Rumor könne meine Nachbarn inzwischen geweckt haben. Die Geräusche des Duschens scheinen mir ungleich leiser zu sein. Ich frottiere mich vorsichtig ab, und so, als schwinge Thor seinen Hammer, knallt er auf meinen inneren Amboss. Ich wundere mich, dass mein Bauch keine Aspirin verlangt, denn eigentlich müsste er Kopfschmerzen haben, komme ich mir doch vor wie ein fleischgewordener Jahrmarkt, auf dem sich im Norden sowohl die Zuckerwatte als auch die gebrannten Mandeln befinden und weiter südlich die Geisterbahn mit Hau den Lukas konkurriert.

Das größte Problem ist aber zugleich der eigentliche Grund meiner Reise: In wenigen Stunden soll mein erster Drehtag beginnen. Na toll, da kann ich ja mal so richtig aus mir rausgehen! Mir fehlen nicht nur mindestens vier Stunden Schlaf, sondern der Donnerbalken in meinem Gedärm wird zudem jede anständige Tonaufnahme vereiteln. Auf diese Weise werde ich an meinem ersten Drehtag gleich zwei Kollegen aufs äußerste herausfordern: Meine Maskenbildnerin muss es schaffen, mir den Horst Tappert aus dem Gesicht zu schminken und unser Toningenieur meinen Körper schalldicht isolieren.

Prost Mahlzeit! Was für ein Einstieg.

9

Der nächste Abend

Hurra! Hab ihn überstanden, den ersten Tag. Vor allem aber haben die Kollegen mich überstanden. Hoffe ich zumindest. War nicht grad bester Laune. Wie auch? Mit schwerer Breitseite hatte ich Text abzusondern, den ich im Normalfall nicht mal lesen würde, Text, den ich selbstverständlich auswendig darzubieten hatte.

Hätte um ein Haar zu dem Mittel gegriffen, mit dem angeblich unser Adolph Zaluskowski arbeitet. Er fragt nämlich seine Spielerkollegen vor jeder Probe bzw. dem ersten Take, ob sie ihre Arme in der Szene brauchen werden, oder er fragt den Kameramann, ob man in der nächsten Bildeinstellung die Stirn oder den Rücken des Spielpartners sehen wird. Werden die Fragen mit »Nein« beantwortet, klebt der muntere Greis behend die angefragten Körperteile mit Post-its voll, auf denen seine Zeilen gekritzelt sind – in Sütterlin selbstredend. Es ist nicht überliefert, was er macht, wenn die antwort »Ja« lautet.

Im Zweifel wird er das tun, was alle Menschendarsteller machen, die Probleme mit ihrem Text haben, weil sie zu faul waren, ihn zu lernen, oder er so widerborstig oder schlicht so schlecht ist, dass man ihn nicht in die Birne kriegt: er wird beim Sprechen seines Textes immer langsamer, im-mer laaang-saaa-mer, und tut dem Regisseur gegenüber so, als mache er das extra, weil die Rolle, die er spielt, so nachdenklich ist, so zaudernd, so geheimnisvoll. Wie oft habe ich das schon erlebt. Kollegen, zu denen man doch eigentlich aufschaute, ließen einen in den tiefen Abgrund ihrer Selbstgefälligkeit blicken, und versuchten einem dummdreist vorzugaukeln, es sei ihre zu spielende Figur, die hier das Tempo rausnimmt, dabei konnte man in ihren Augen lesen, wie hektisch sie innerlich blätterten, der geschriebene Text aber einfach nicht zu finden war, und konnte an ihren unruhigen Fingern sehen, wie gern sie schnipsen wollten, um damit irgendeine Souffleuse darauf aufmerksam zu machen, rasch mit den richtigen Zeilen auszuhelfen.

Oft sind das dann die Momente, in denen der Regisseur entweder jeden Satz einzeln abdreht, große Kartons aus Pappe, die man früher »Neger« nannte, mit dem Dialog vollschreiben lässt, in der Hoffnung, dass das radebrechende Antitalent ihn zumindest ablesen kann, oder er das eher berüchtigte als berühmte Versprechen abgibt: »Keine Bange! Das schneid' ich mir schön!«

Doch nicht immer ist Faulheit der Grund für diese Form von asozialem Verhalten, das den kompletten Betrieb aufhält, wenn nicht sogar lahmlegt. Oftmals sind die Gründe vielschichtiger, zum Beispiel hochprozentig bzw. -promillig, haben mit schierer Angst zu tun, die im Alter angeblich noch zunimmt, da die Haut immer dünner wird, oder sie hängen, wie hier in unserem Fall, mit dem bereits fortgeschrittenen Alter eines Rentenverweigerers zusammen. Wie gesagt, nur fast musste ich zu einem dieser Mittel greifen. Die, zu denen ich am Morgen tatsächlich griff, hießen Aspirin, Ibuprofen, Kohletabletten und Immodium, so dass ich zum Glück außer meinem Text nichts mehr absondern musste.

Trotz oder gerade wegen dieser Symptomunterdrückungsorgie kam ich mir wie ein verstopftes Becken vor, und am liebsten hätte ich mir einen Pömpel geschnappt und mir pumpend ins Gesicht gedrückt. Doch »wie es in einem aussieht, geht niemand was an«, heißt es ja so schön in Lehárs *Land des Lächelns*, und in meinem Falle würde es sicher auch keiner wissen wollen, und so hab ich mich mehr schlecht als recht als menschgewordener, hochdosierter Arzneicocktail durch diesen meinen ersten Operetten-Drehtag schlawinert.

Unser Kameramann, ein fleißiger Herr mit faulem Atem, der, könnte ich mir vorstellen, mit seinem ewigen Zigarrenstummel im rechten Mundwinkel schon die ersten Marika-Rökk-Filme belichtet hat, stellt sich als jemand heraus, der mit mindestens zwei Leuten gleichzeitig reden könnte: Selten habe ich jemanden so stark schielen sehen. Da er den Mund aber eh nicht aufkriegt, vielleicht weil er Angst hat, dann seines Cohibarestes verlustig zu gehen, werde ich diese Annahme niemals überprüfen können. Was bleibt, ist die Frage, ob er mit dieser Augenstellung den richtigen Beruf ergriffen hat, eine Frage, die Abermillionen von treuen *Traumschiff*-Fans längst mit »Ja« beantwortet haben.

Übertroffen an Skurrilität und Einmaligkeit wird unser Bildmacher nur von unserem Regisseur, der das Panoptikum aufs Erheiterndste erweitert. Er ist bestimmt fünfzehn Jahre jünger als ich, hat ein komplett zugewachsenes Gesicht und trägt rund um die Uhr eine verspiegelte Sonnenbrille, die nicht nur seine Augenbrauen vollständig überdeckt, sondern auch noch seine Nasenflügel berührt. Die bärtige, genmanipulierte Fliege Puck stellt man sich so vor. Niemand hat jemals seine Augen gesehen und es würde mich nicht wundern, wenn sie im selben Winkel zueinander stünden wie die unseres schweigsamen Kamerafossils.

Niemand, so auch ich nicht, versteht diesen Mann. Er versteht es, so unglaublich zu nuscheln und das Wenige so gerade eben noch Verständliche in einem österreichischen Akzent zu ersäufen, dass man nur hoffen kann, an den richtigen Stellen zu nicken, den Kopf zu schütteln, »Nein« oder »Ja« zu sagen. Von »Regie führen« kann hier eigentlich keine Rede sein, ist aber ja eh nicht nötig: Jeder hinter der Kamera macht seinen Dienst nach Vorschrift und jeder vor der Kamera zieht eine seiner maximal zwei Schubladen – fertig!

»Christoph, wenndevlleichimomändesentdäcknsdärbositionänklänesbisserlwätermiddemganzngsichtobiwärssswäärsadraumdannkönnmerdösdra'sädenndumogstdenzwätensotzmiddabisserlmehrschwung, okay?«

»Klar, Bruno, super Idee … Genauso mach ich's!«,

Mit Regieanweisungen wie dieser kann das Ganze nur ein

Kracha werden.

An der eindimensionalen Rolle, die ich hier zu chargieren habe, wird's jedenfalls nicht scheitern. Sie fügt sich in ihrer erfrischenden Konturlosigkeit und ihrer gnadenlosen Austauschbarkeit so passgenau in den Chor der anderen unglaubwürdigen Strichmännchen, dass es eine Freude ist. Ich muss einfach nur Lügen runterknattern wie:

»Das kann ich mir vorstellen, dass das schwer für Sie war, Susanne!«

oder

»Mein Gott, das dürfte Ihnen nicht leicht gefallen sein, Bettina.«

oder gar

»Herrje, Gisela!«

Und neben der Herausforderung, nicht schon beim Anatmen laut loszuprusten, ist das Schwierigste daran, sich immer erinnern zu müssen, welcher Satz wann kommt, denn der jeweils andere würde auch gerade passen.

Für dieses Problemfeld gibt es an den Film-Sets dieser Welt ein eigenes Berufsbild, nämlich das von Script und Continuity. Das Drehbuch liegt die ganze Zeit über aufgeschlagen auf dem Schoß einer meist weiblichen Angestellten, bereit, wie ein Spickzettel von den Agierenden genutzt zu werden, eine Art Selbstbedienungsbüfett mit Buchstabensuppe.

Der zweite englische Begriff umreißt das andere Arbeitsfeld derselben Kollegin, und das besteht darin, darauf zu achten, dass der Darsteller das einmal Geprobte, wenn erst mal die Kamera läuft, immer genau gleich abspult, also alle Gesten, Kopfbewegungen und dergleichen mehr. Jede Szene wird ja normalerweise mehrfach, aus verschiedenen Perspektiven gedreht. Daher kommen Begriffe wie Totale, Halbtotale, Halbnahe, Close up etc., und dann »dreht man sich noch um«, wie man so sagt, nämlich in die Gegenrichtung, und alles, was eben in Richtung Darsteller X aufgenommen wurde, wird nun auf Darsteller Y wiederholt mit X im sogenannten Anschnitt. Das heißt, man könnte noch in der Unschärfe dessen Kopf sehen, seine Schulter mit Arm spüren oder Ähnliches, und daher muss X dann wieder das Glas mit dem grünen Saft in der Hand halten und an derselben Stelle trinken wie vorher. Hätte er nämlich nun stattdessen eine Zigarette zwischen den Fingern und würde ab und zu rauchen, gäbe es die berühmten Anschlussfehler, von denen es im Internet nur so wimmelt.

Roger Moores James Bond trug zum Beispiel mal ein blaues Hemd, das nach dem Umschnitt rosa war. Kräht kein Hahn nach, außer einer Handvoll Fanatiker. Vor allem im angelsächsischen und amerikanischen Raum misst man der Anschlussgenauigkeit nicht so eine Wahnsinnsbedeutung bei. Da kann dann schon mal ein Charlton Heston in *Ben Hur* noch seine Rolex anhaben, oder unter als Römer verkleideten amerikanischen Komparsen entdeckt man plötzlich einen vierten Regieassisstenten, der die Kleindarsteller mit Megaphon und in Jeanshose anstachelt, noch lauter zu schreien.

Auch die Angst vor dieser Art der Kontinuität ist es dann, die dafür sorgt, dass oftmals Dialogstellen so schlimm hölzern wiedergekäut werden. Sie werden einfach nur aufgesagt, wie ein Gedicht, nur in schlecht. Nachher müssen wir uns ja »umdrehen«, und dann ist man noch zu »spüren«, und dann hat man vergessen, an welcher Stelle man gezogen, getrunken oder gehustet hat. Also heißt es für die Zaluskowskis und Sassmanns dieser Welt: Hände baumeln lassen, Kopf geradeaus, Mund auf- und zumachen – das muss reichen. Gähn!

Wichtiger noch als die Sprechblasenverwalterin ist allerdings gerade an unserem traumhaften Set die Stukkateurin. Sie ist es, die Schäden ausbessern, Oberflächen polieren und Risse kitten muss. Ihr wichtigstes Werkzeug ist der Pinsel, mit dem sie unentwegt bröckelnde Fassaden übermalt. Überhaupt sind unsere Schadensreguliererinnen rund um die Uhr gefordert, denn die Maskenabteilung hat immer Bereitschaft.

Sie sind diejenigen, denen man an jedem Drehtag als Ersten begegnet und kriegen immer und überall alles ungefiltert ab: Der Sand in den ungewaschenen Augen ist noch besonders grobkörnig, die schlechten Träume sind noch niemandem erzählt, der erste Kaffee steht noch aus, der Atem bricht sich noch ungelüftet Bahn, und die Bereitschaft, sich unzensiert mitzuteilen, ist in den Morgenstunden am größten. Mithin ist eine Maskenbildnerin eine Starbuckskosmetikerin mit zahnärztlichem Beichtstuhl, ein Allroundtalent in einem brutal widerstandsfähigen Nervenkostüm.

Bei uns kommt noch eine Prise Pflegeversicherung dazu, da unser steinalter Post-it-Kleber ein dermaßen schlecht sitzendes Toupet trägt, dass vor jedem Take eine neue Schicht medizinischen Spezialklebers auf die alters- und leberbefleckte Kopfhaut aufgetragen werden muss, damit es nicht von den starken Winden auf den Schiffdecks in den Ozean geweht wird.

10

Tachsüber

Mein erster Drehtag.

Spult sich alles äußerst routiniert ab. Fast alle im Team sind bereits seit drei Jahrzehnten mit an Bord und selbst die als Komparsen gewonnenen, echten Passagiere, die für diese Reise teilweise empfindlich tief in die Tasche greifen mussten, bewegen sich vor der Kamera, als hätten sie nie was anderes gemacht. Da bekommt der im Ruhestand befindliche Metzgermeister aus der Osteifel, der in fünf verschiedenen Dörfern seiner Gemeinde mit seinen Fleischereien zu ungeahntem Reichtum gekommen ist, denselben kindlichen Gesichtsausdruck wie die Wilmersdorfer Witwe, die alle ihre Männer in Frieden ruhen lässt und ihr Überleben erst jetzt so richtig genießen kann, weil sie das Gefühl hat, die Nase in den Wind der großen, weiten Welt des Showbusiness zu halten.

In einer kurzen Babypause – auf Deck drei müssen mehrere Säuglinge ruhiggestellt werden, bevor wir weiterdrehen können – lehne ich mich übermüdet an die Reling und genieße meinen sechsten Espresso mit Redbull, als ein fideler Kreuzworträtselkönig in Shorts und Unterhemd das Wort an mich richtet:

»Darf isch mal ’n Fotto von Ihnen machen?«

»Gern.«

»Sie spielen doch hier mit, nä?«

»Ja.«

»Und wer sind Sie?«

»Ein Familienvater, dessen Tochter hier auf dem Schiff … –«

»Nä, isch mein in äscht!«

»Ach so. Herbst ist mein Name.«

»Jenau. Isch kenn Sie aus’m *Derrick*, nä?«

»Genau da hab ich noch nicht mitgespielt und … geht ja jetzt auch leider gar nicht mehr, weil … –«

»… dä tot ist, der Erik Ode, ja, ja, janz traurisch is dat, janz, janz traurisch.«

Pause.

»Un … Sie sind Schauspieler?«

»Richtig.«

»Sehen jar nit so aus. – Un beruflisch?«

»Beru …? Äh … ver… versuch’ ich das auch!«

»Mutisch, äscht mutisch. Schapöschen, Schapöschen! – Is beschtimmt schwer, nä?«

»Na ja, gerade nicht so.«

»He-he, verschtehe, mit den janzen Weibern hier, aber wat machen Sie denn sonst?«

»Sonst!«

»Tachsüber?«

»Bitte?«

»Isch mein’, guckense, isch bin Metzger, isch bin morjens im Jroßhandel, dann am Schlachten, und erst dann verkauf isch misch und meine Sachen. Wat machen Sie denn, bevor Sie sisch in den Laden schtellen?«

»Da guck ich, dass ich mich gut abgehangen hab und meine Haut rosa ist.«

»Hehehe, Se jefallen mir! Aber lassen Se uns ruhisch noch 'n Moment über misch … wissen Se, isch hab ja mein Leben lang jespillt: früher Quartett, dann Skat und seit einijer Zeit bei uns in Oberdürenbach-Büschhöfe auf der Bühne vom Schützenplatz. Herrlisch.«

»Wow. Oberdü … –«

»… aber misch ziehtet vor die Kamera!«

»Ist das so?«

»Jaaaaa, immer schon! Wenn isch Ihnen die Filme zeije von meinem Schwager, wo isch da bei der Hochzeit, da han isch denen wat vorjespillt, aus'm Häuschen waren die, muss isch aber auch selber sagen, dat war jroßartisch, wat isch da, da han isch Blut jeleckt, und dat sach isch jetzt nit als Metzger … hehe …«

»Oha, ich glaub, ich muss mal wieder …«

»… Sarens, Herr Herz, können Se misch da nit unterbringen?«

»Wo jetzt?«

»Na, beim Film! Isch bin dat so satt, dat ewije hinterm Tresen, isch muss raus da, isch jeh kapott in diesen jekachelten Hallen mit all den Toten, Sie können sisch nit vorstellen, wat isch …«

»Verzeihung, ich muss jetzt wirklich los …«

»Wissen Se, die Suse, die Hanna und die Else, die waren immer janz bejeistert, wenn isch denen wat vorjesprochen hab.«

»Tatsächlich!?«

»Ja sischer, mit solschen Augen haben die misch angeguckt, janz jerührt waren die noch, kurz bevor ich die dann mit dem Bolzenschussapparat …«

»… Äääh … Oh! – wissen Sie, ich würde wirklich wahnsinnig gern noch mit Ihnen …«

»Sie jlauben ja jar nischt, wie wischtisch mir das ist! De Metzgerei … Dat is doch kein Leben mehr. Wievel jute Jahre hab isch denn noch? Drei, vier? Immer nur träumen, dat is doch, dat is doch Scheiße …«

»Tut mir echt leid, aber ich hab keine Zeit mehr.«

»Mein Reden, mein Reden …«

Mit einem Kloß im Hals begebe ich mich danach wieder in meine Spielszene.

Hab noch oft an diese Begegnung gedacht. Der Metzger mit der Lebenszeit. Vielleicht ist er, an diesem Winterurlaubstag im Januar auf höchster See, seinem Traum so nah gewesen wie niemals sonst. Was sind eigentlich, frage ich mich, die sogenannten guten Jahre, und wie viele sind für mich noch vorgesehen. An welcher Reling werde ich mal stehen und der Metzger sein.

Bisher hab ich, dickköpfig und dankbar, meinen Lebenstraum leben dürfen. Unterwegs viel Dreck gefressen, ja, aber – ich durfte verdammt nochmal spielen. Ähnlich dem Eifeler Fleischermeister hab ich immer schon gespielt und wollte nichts anderes, und zum Glück waren die Zeit und die Umstände auf meiner Seite; niemand hat mir eine Metzgerei vererbt, niemand hat gesagt, dein Weg führt hier entlang, sonst nirgends, niemand hat bestimmt, dein Schicksal erfüllt sich in Oberdürenbach-Büschhöfe. Ganz und gar frei in meinen Entscheidungen, durfte ich leben, wofür immer schon mein Herz geschlagen hatte.

Das *ist* ein Leben, und das Leben ist ein Glück.

11

Dienstag, 12. Januar, 16.12 Uhr

Die erste Woche auf der MS Deutschland ist um, und böse Zungen behaupten, das »MS« steht für »Mumienschlepper«.

In diesem Moment, zu Hause läuft grad die abendliche *Tagesschau* und hier an Bord ist Teatime, sitze ich im Bug des Schiffes in einem sehr stilvoll eingerichteten Raum mit vielen Fenstern, Bildern und Rattanmöbeln, esse ein Stück guter Joghurttorte, schlürfe einen leckeren Sojamilchkaffee und kann auf den ecuadorianischen Kanal schauen, den wir in diesem Moment verlassen, um auf pazifischem Gewässer übermorgen Peru zu erreichen.

Das Ganze hat was von schwimmender *Schwarzwaldklinik*: so zittrig die Stimmchen, so gebeugt die Körper, so löcherig das Deckhaar der Insassen.

Jeder hat das Publikum, das er verdient, und dieses ist das des Traumschiffs. Immerhin fast zehn Millionen davon bei der letzten Ausstrahlung im Dezember.

Zum Glück ist nur ein Bruchteil davon auf diesem Kahn.

Wenn man weiß, dass dieser über einen komplett ausgestatteten Operationssaal inklusive modernster Dialysestation verfügt und über einen Spa-Bereich, der den Vergleich mit seinen Brüdern in Luxushotels auf dem deutschen Festland nicht scheuen muss, und in dem vor allem Lymphdrainagen, Orangenhautpackungen und Verjüngungsmasken mit Botox to go angeboten werden, würde man sich nicht wundern, wenn zumindest einer der vielen Ruheräume in Sekundenschnelle zu einem Sterbezimmer umfunktioniert werden könnte. Von Seebestattungen wird zwar aufgrund internationaler Abkommen Abstand genommen, der ewig qualmende Schornstein des Schiffes lässt der Phantasie aber genug Raum, wie man das geltende Recht umschiffen könnte.

Und tatsächlich weiß meine Maskenbildnerin, die sich selbst am schlechtesten schminkt, von »Nahtoderfahrungen« zu berichten. Sie wirkt auf mich, als sei sie schon länger dabei als das Traumschiff alt ist, und ist somit geradezu ein anekdotischer Geysir. So weiß sie zum Beispiel, dass es unten im Schiff, gleich neben der Stelle, wo das »Make up« seine Kajüte gefunden hat – ein Raum wie ein Loch: zugig, dunkel und selbst von Ratten gemieden –, eine Kühlkammer gibt, in der auf hoher See Verblichene zwischengelagert werden.

Das weiß sie jetzt.

Es gab aber eine Zeit, wo Neugier größer war als Wissen, und sie auf der Suche nach Stauraum alle nur denkbaren Türen öffnete, darunter auch jene. Zunächst meinte sie, einen der älteren Stammensemble-Schauspieler zu erkennen und sagte einfach nur: »Hallo!

Kommst du bitte zum Haareschneiden?!«, bis sie verstand, warum er ihr gegenüber so frostig reagierte. Ihre eigene Reaktion fiel deutlich lauter aus, auch wenn sie sich auf einen einzigen Vokal beschränkte, und seit diesem Zeitpunkt muss immer eines der Crewmitglieder an ihrer Seite sein und sie beschützen.

Vor wem – ich weiß es nicht.

Lese zuweilen in deutschen Zeitungen oder im Netz, wie sehr Väterchen Frost die Heimat im Griff hat. Muss dann schmunzeln; hier von Anfang an beständig 21 Grad bei stetem kühlen Wind: Aircondition. Überall.

Daher auch mein leichter Schnupfen.

Da mir mein Mittelohr heilig ist, hab ich nun endlich mal ein Frotteehandtuch in die Schlitze meiner Klimaanlage gesteckt, um die Brise zumindest von meinem Gesicht abzulenken. Hoffentlich wird es nicht von meiner philippinischen Reinemachefrau entfernt und wenn doch, rätsele ich schon eine Weile, wie ich ihr die Notwendigkeit dieser Maßnahme verständlich machen soll, ist sie doch weder des Deutschen noch des Englischen mächtig. Bin im Geiste schon die verschiedensten Choreographien durchgegangen, um ihr gegebenenfalls die Gründe meines Handelns vorzutanzen.

Sobald man auf eines der Decks fährt – hier gibt es mehr Fahrstühle als Rollstühle und das soll was heißen – umgeben einen kuschelige 28 Grad; wenn ein Regen geht, ausgelöst durch eine »intertropische Konvergenz« (O-Ton Brücke), fühlt sich die Temperatur auch schon mal wie 35 Grad an und man wünscht sich jemanden, der einen Aufguss macht. Wenn man Lust hat, mal so richtig ins Schwitzen zu kommen, hat man die Wahl zwischen der stets aufgeheizten bordeigenen Sauna oder einer Behandlung durch den stets angetrunkenen bordeigenen Schiffsarzt. Die Vorstellung, dass er mir aus welchen Gründen auch immer Blut abnehmen muss, wird nur getoppt von der Vision, mit fünf saarländischen Trümmerfrauen zusammen in der winzigen Sauna zu hocken, deren Ausgang versperrt ist, weil dort ihre diversen abgeschraubten Körperteile lehnen. Wenn es nicht realistische 1:1-Kopien echter Extremitäten sind, könnte es auch ein Fuhrpark von Rollatoren sein, die sich für fünfzehn Minuten vor der Schwitzhütte postiert haben.

Hab mich schon einige Male gefragt, wo in den schmalen Gängen der Decks die schwarzen Schleifspuren herkommen, die man vereinzelt an den Wänden sieht. Eindeutig, der gemeine Rollatornutzer wird ab Windstärke 4 über Bande gespielt, wie ein Puck mit Gebiss.

Gerade hat die bestimmt polnische blonde Pianistin »Strangers in the night« zu Ende gespielt, und die eine oder andere gichtige Hand verirrt sich tatsächlich und lässt sich zu einem Applaus hinreißen – kaum hörbar, da sich die Handflächen nicht mehr berühren können.

Der Ursprung des Kreuzfahrens liegt ja in der Vorstellung, auf dem kürzesten Seeweg die reizvollsten Küstenstädte zu erreichen. Bei vielen der hiesigen Kreuzfahrer kann ich mich indes des Eindrucks nicht erwehren, dass für sie die Schiffsfahrt an sich Sinn und Zweck der Veranstaltung ist und sie das Anlegen als unvermeidbares Übel in Kauf nehmen – zu heimelig ist's an Bord, zu lecker das Essen, zu nah das Klo. Der einstmals mobile Wohnwagen auf dem holländischen Campingplatz wurde ja auch längst zur Im-mobilie umfunktioniert.

Ein bisschen fühlt man sich bei den Landgängen wie die Conquestadores vor fünfhundert Jahren, nur dass sich Mensch, Maschine, Waffe und Absicht verändert haben.

War es damals die auf Expansion ausgerichtete spanische Krone, die den Befehl erteilte, aufzubrechen, um zu entdecken, ist es heute eine Handvoll deutscher Rentner, die die Krone allenfalls im Mund haben und sich anschicken, von einem 110 000 000-Euro-Pott, der sich ja zum Glück nie wie Schiff anfühlt, sondern wie Café Kranzler mit einem Schuss Charité, mit Kuchengabel in der Hand und dem Sagrotantüchlein in Griffweite in den Shuttlebus zu steigen, der einen so gut gekühlt durchschüttelt, dass man besser in seinem fahrbaren Elfenbeinturm bleibt, als sich mit all dem Elend, auf das man hinabblickt, gemein zu machen. Und drei Stunden Landgang im Sitzen reichen bei weitem – nicht, dass die Besatzung die Schwarzwälder Kirsch aufisst.

Klischees sind dazu da, erfüllt zu werden: Die Schlacht am Büfett findet auch hier statt, auch hier werden die Liegen am Pool mit Handtüchern reserviert und im ganzen Haus weht der markante Duft von 4711, Tosca und Drei-Wetter-Taft. Bin allerdings selbst auch für den einen oder anderen Klischeespaß zu haben. Warte nun mittlerweile seit über einer Woche auf meinen Koffer, dessen Inhalt die spanische Airline Iberia vielleicht inzwischen auf eBay feilbietet.

Iberia!

Hätte nicht übel Lust, kostenlos für die Jungs einen Werbespot zu drehen: »Wir fliegen alles – außer Koffer!«

Aber dafür lieben wir sie ja, die Südeuropäer: Die sind so entspannt. Auch mit den Dingen anderer.

So wie die Griechen Schulden anhäufen, um sich dann retten zu lassen, häufen die Spanier Koffer an, vor denen sie sich dann kaum noch retten können.

Trage Geborgtes oder notdürftig in Panama Gekauftes, und das gute weiße T-Shirt und die gute alte, weiße Unterhose mit Eingriff geben sich ein fröhlich-unpassendes Stelldichein. Schade, dass Ottfried Fischer nicht zum Ensemble gehört, aus einem von ihm geliehenen Kleidungsstück hätte ich mir gleich mehrere basteln können.

Wie wenig ich doch hier hinpasse und wie viel Spaß es macht, gerade deswegen hier zu sein.

Bald sind wir in Lima und der heimliche Höhepunkt steht an: ein Besuch der sagenumwobenen Inkastadt Machu Picchu. Ausgerechnet an den zwei Tagen drehe ich. Auf dem Schiff. Nun, man kann nicht alles haben.

Aber ein Stückchen Joghurttorte dürfte es noch sein.

Mist, Büfett ist bereits abgeräumt. Klar, in einer Stunde gibt es ja schon Abendbrot.

Noch was schönes Festlandbekanntes hat man hier auf *der* Deutschland, die sich immer mehr wie *das* Deutschland anfühlt: die Dienstleistung.

Man muss gar nicht genau hingucken, um zu sehen, wie sich Kellnerinnen und Kellner über ihre Gäste mokieren, sich Gesichter zuwerfen oder in Ironie flüchten.

Klar, sie dachten, sie hätten ihren Zivildienst hinter sich.

Ich klage nicht auf hohem Niveau, sondern auf höchstem, und ich klage nicht, sondern amüsiere mich, und das kann ich nicht von jedem hier behaupten.

Übermorgen stößt Harald Schmidt dazu. Alles ist steigerungsfähig.

12

Prime Time

Wow, Pelikane! Hab heute welche gesehen!

Boah, sind die doof.

Scheint purer Zufall zu sein, wenn die sich in die Luft erheben. Noch wahrscheinlicher ist taumelnder Absturz oder klatschen gegen die Schiffswand. Allein schon der Start scheint schierer Willkür unterworfen. Flügelschlagend wird zappelnd gelaufen, hektisch rumgeguckt, dabei mit einem narzisstischen Ausdruck im gefiederten und langschnabeligen Gesichtchen, als wollten sie unentwegt Applaus für ihre einzigartige Darbietung bekommen. Das ständige Aufditschen der schwimmgehäuteten Füße auf dem Wasser beim Anlaufnehmen klingt bereits wie eine dauerhafte Ovation, die der Spaßvogel sich also quasi selber spendet. Eitel.

Einen sah ich, der sich komplett verzettelt haben muss. Entweder hatte er zu viel gefuttert oder schlicht eine Meise. Er muss wohl das Verhältnis von Länge des Schnabels zu Gewicht des Körpers falsch berechnet haben, so dass ihm bei einer etwas zu huhnhaften Vorbewegung des Kopfes die Schnabelspitze ins Wasser geriet, das ihn gleichsam festhielt und so abrupt abstoppte, dass das arme Flatterteil mehrere Rollen vorwärts machte, um dann äußerst unsanft mit einem Bauchplatscher auf der Wasseroberfläche zu liegen zu kommen.

Sah leider sehr lustig aus.

Wen wundert's, dass Pelikane am liebsten zusammen mit Tölpeln nisten? Denen können sie sich nämlich überlegen fühlen, da sie die viel größeren sind. Wie der Storch vermag auch der Pelikan seinen Kopf um 180 Grad nach hinten zu werfen. Was nach Headbanging aussieht oder dem verzweifelten Versuch, sich auf keinen Fall übergeben zu wollen, ist schlicht dem Umstand geschuldet, dass sich das Tier von dem Gewicht seines eigenen Kopfes erholen muss und ihn deshalb rückwärtig ablegt. Der faltige und flatternde, hautfarbene Kehlsack sieht bei diesem Spektakel besonders unschön aus.

Nun, mein neues Lieblingstier wird er bestimmt nicht, aber lustig isser. Zudem kenn ich den Pelikan als symbolträchtiges Abbild aus der katholischen Kirche. Verbindungen zu ihm sind also schon da. Schade, dass er auf dieser Schiffsroute fast gar nicht mehr zu sehen ist. Die kurze Reportage in meinem kleinen Kabinenfernseher hat mir zumindest einen Eindruck verschafft.

13

Mittwoch, 13. Januar, 4.07 Uhr

Oh.

Was weckt mich um diese Zeit auf? Was treibt mich um? Bin hellwach.

Nach einigen sehr intensiven Momenten der absoluten Orientierungslosigkeit versuche ich erfolglos, den Lichtschalter zu betätigen. Er ist weg.

Bitte?

Richte mich mit der Geschwindigkeit eines in der neunten Runde zu Boden gegangenen Schwergewichtsboxers auf in meinem Bett und taumele. Tapsig sucht mein rechter Fuß in der Dunkelheit nach den Pantoffeln, und auch er wird enttäuscht – sie sind weg.

Was?

Wo wollen die denn hin um diese Zeit? Ihre Reisepässe hat die Rezeption und außerdem sind wir mitten auf einem Meer, das größer ist als alle Kontinente zusammen und 4 km tief. Sie werden niemals wo-auch-immer an-, höchstens umkommen.

Muss ich mir Sorgen machen? Soll ich sie ausrufen lassen?

»Herr Herbst aus Kabine 417 hat Hausschuh und Lichtschalter verloren. Sie möchten sich bitte umgehend auf Deck 5 melden!«

Vielleicht habe ich gestern genau ein Bier zu viel getrunken oder wurde ich bestohlen? Erfüllt von der Angst, einer meiner geriatrischen Sitznachbarn im Café gestern könnte mir aus Rache für meine inadäquaten Beschreibungen der mitfahrenden Klientel irgendeinen halluzinogenen Pilz in mein Törtchen geschmuggelt haben, taste ich nach der Stelle, wo ich das Fenster vermute, spreize den metallenen Lamellenvorhang mit der rechten Hand und spüre, wie meine linke in etwas Klebrig-weichem landet. Größer noch als mein Schreck ist die Duftwolke, die im selben Moment mein Zimmerchen erfüllt, ein Duft, der sich auf einmal wie ein Schrank vor mir aufbaut, ein Schrank, der nach Ammoniak riecht: scharf, stechend, beißend.

Wieder wird mir schwindelig.

Wage mit dem letzten Rest meines Bewusstseins einen Blick nach draußen und sehe – nichts. Es ist stockdunkel, und was mir wie Wasser vorkommt, könnte schon Himmel sein, und umgekehrt. Lasse die Lamellen zurückschnellen, worauf das komplette Rollo nach oben schießt und mich so unglücklich am Kinn erwischt, dass ich nach hinten geschleudert werde. Finde mich wie gerädert auf meinem Bett wieder. Wische mir reflexartig mit der linken Hand durch das Gesicht. Mir bleibt fast der Atem stehen aufgrund dieser Selbstanästhesierung. Meine Hand fällt eindeutig unter das Betäubungsmittelgesetz.

Abermals reißt es mich rum und gleichzeitig trifft mich etwas Kugelartiges an der Schläfe. Während ich mich wieder aufrichte wird mir klar, dass ich nicht alleine bin und der Licht- und Birkenstockdieb nun versucht, mich umzubringen. Mein Gott, die MS Schwarzwaldklinik mutiert zur MS Stammheim. Ich befinde mich mit Hunderten von Kriminellen auf einem fahrenden Hochsicherheitstrakt mitten im rechtsfreien Raum! Als würde mich jemand schubsen, falle ich zur Seite.

Wankend rappel ich mich hoch, bereit, mich zu verteidigen. Man kann mir meinen Atem nehmen, meine Lieblingsschlappen und meine Würde, aber an meinem Leben hänge ich. Als ich mich dabei ertappe, wie ich torkelnd die Pose eines Boxers einnehme, linke Faust in Kinnhöhe, die rechte leicht ausgestreckt und bereit zum tödlichen Schlag, wirft es mich zu Boden, worauf die in einer Ecke des Raums befindliche Stehlampe so glücklich auf mich fällt, dass sie angeht.

Meine Augen schreien auf angesichts der plötzlichen 100-Watt-Keule, und nach einem kurzen Moment der Gewöhnung versuche ich, die Lage zu checken: als Erstes fällt mir zu meiner Erleichterung auf, dass kein ungebetener Gast mit mir das Zimmerchen teilt.

Aber wie kann es sein, dass ich so wesentliche Dinge nicht habe finden können, ich diesen ständigen Drehschwindel habe und was um alles in der Welt hat es mit diesem Ätzgeruch auf sich?

Die Antworten sind so schnell gegeben, wie sie mich peinlich berühren.

Es herrscht einfach nur ein unfassbarer Seegang, der die Mandarinen in der Obstschale neben dem Bett zu Wurfgeschossen hat werden lassen, während die anderen Früchte den Zenit ihres Reifegrades bereits überschritten haben. Die Pfirsich- und Pflaumenschlieren in meinem Gesicht sprechen eine eindeutige Schleimspursprache. Durch das ständige Auf und Ab des gesamtens Schiffes haben sich nicht nur meine Pantoffeln unter das Bett verdrückt, sondern sich auch mehrere meiner Bücher vor dem Lichtschalter platziert.

Noch während ich wie Hercule Poirot, wenn auch in eigener Sache recherchierend, versuche, alle Beweise zu sichern und die Indizienlage zu bestimmen, stelle ich meine Ermittlungen mit der Erkenntnis ein, dass auch bei eingeschaltetem Licht eines nicht aufgehört hat: der Seegang. Enorme Winde versetzen den riesigen Pott dermaßen, dass er wie eine überdimensionale Wippe auf- und niederfährt, auf und nieder, so dass sich inzwischen vielleicht alle Schuhe, Bücher und auch das eine oder andere Obst an einem neuen Ort häuslich eingerichtet haben, nur einer noch nicht: ich!

Meine Güte, wie es mir geht, vermag ich in etwa einzuordnen, aber wie nur muss es in diesem Augenblick allen anderen Gästen ergehen? Teilweise könnten sie meine Urgroßeltern sein und plötzlich steigt so etwas wie ein Gefühl der Solidarität in mir hoch. Haben sie sich gegenseitig am Bett festgeschnallt, aufeinandergelegt oder sonstwie fixiert? Was, wenn sich Röhrchen lebenswichtiger Dauerkatheter lösen und wie herrenlose Feuerwehrschläuche verselbständigen? Hoffentlich versagen zumindest die Haftcremes nicht ihren Dienst.

Nach wie vor wie betrunken schleudert es mich von einer Seite zur anderen, nach vorne und hinten, und so, als wollten sich auch meine Organe ein neues Zuhause suchen, sprechen sie sich zumindest mit dem Magen ab, seinen Inhalt freizugeben.

»Moooomentǃ«, denk ich mir, »der Herr meines Magens bin immer noch ich!«

Dachte ich.

Im selben Augenblick zeigt er mir, wer hier die Hosen anhat, und ich erbreche mich auf die reich verzierte Auslegeware.

Das letzte Wort, das ich stammele, ist »Mama!«, bevor ich in der eigenen Pfütze vor Erschöpfung einschlafe.

14
Ausgeschifft

Gestern überließen wir die MS Deutschland ihrem Schicksal und checkten zu den unvermeidlichen Klängen des original *Traumschiff*-Soundtracks aus. Den Verstörtesten von uns entlockte dieser Pawlow Tränen; die meisten von ihnen wurden allerdings in Knopflöchern gesichtet. Die überwiegende Reaktion war das augenblickliche Wiederkehren von Speichel und Schluckreflex. So hat halt jeder seine eigene Sicht auf das Schiff und die Zeit auf ihm. Meine persönliche ist sicherlich irgendwo in der Grauzone dazwischen, gehörte ich ja zeit meines Lebens zu den Rosinenpickern, die über das Talent verfügen, allem was Schönes abgewinnen zu können. Ob ich so viel Alkohol an Bord getrunken habe, nur weil er schmeckte, vermag ich indes nicht zu beurteilen.

Bis wir in zwei Tagen von Santiago aus zu unserem Endziel Bora Bora aufbrechen, werden wir in dem chilenischen Küstenort Valparaiso Viña del Mar gelagert. Der euphemistische Name verspricht Paradiesisches und noch mehr Wein, und fürwahr, wenn man genug davon trinkt, verklärt sich die Hölle zur Oase, und man kann den Gründervätern vergeben, die diesen Ort in seiner architektonischen Ästhetik so gestaltet haben, dass sich die Einwohner Berlin-Marzahns oder Magdeburgs vor der Wende sofort heimisch fühlen würden.

Als wir gegen 12 Uhr in unserer Interimsherberge ankommen, immerhin ein Tross von insgesamt sechzig Leuten, verläuft das Einchecken unerwartet problemlos: Freundlich werden uns die Keycards zu unseren Zimmern ausgehändigt, und jeder Einzelne kann es kaum erwarten, nach drei Stunden im Bus endlich die eigene Dusche anzutesten.

»Wunderbar.« Habe mittlerweile ja sogar wieder Wechselwäsche, und mein Koffer fand sich dann doch noch in irgendwelchen Abstellkammern der Iberia und wurde mir aufs Schiff geliefert, hurra!

Grinse in mich hinein und denke mir, dass die vier schmiedeeisernen Sterne unter dem Hotelnamen an der Außenwand vollkommen zu Recht dort prangen. Kaum setzt die Karawane an, nach dem Lift zu suchen, trifft uns die immer noch freundliche Stimme der Concierge im Rücken oder besser in dessen Mark, wir mögen uns noch ein wenig gedulden, bis die Zimmer fertig seien. In vier Stunden.

Aha, also pro Stern eine Stunde.

Dies ist das erste Mal in meinem Leben, dass ich mir wünsche, in einem sternlosen Hotel eingecheckt zu haben. Ein Scheppern von draußen reißt mich aus meiner Lethargie und mir ist so, als sei ein Stern gerade runtergefallen, doch da war wohl nur der Wunsch der Vater des Gedankens.

Vier Stunden. 240 Minuten. Was-weiß-ich-wie viele Sekunden.

Und jetzt?

Ich könnte die Zeit nutzen, auszurechnen, wie viele Sekunden das sind, aber das Ergebnis würde sekündlich nicht mehr stimmen und mich nur aufregen.

Schließlich geschieht das, was immer nach geraumer Zeit geschieht, wenn Menschen einen Haufen bilden: er teilt sich auf in Häuflein. Dem überschaubarsten schließe ich mich an, worauf es sich auf die Straße begibt, um zu erkunden. Hunger liegt in der Luft, und wo geht man natürlich hin, wenn man schon mal in einem der führenden chilenischen Badeorte ist: zum Chinesen. Da sich unser aller Spanisch aber in den selbstgesteckten Grenzen hält und wir keine Lust haben, aus Versehen Nudeln mit Pudeln zu essen, ziehen wir dem Hundekuchen lieber den gegenüberliegenden Italiener »Zanetti« vor.

Wir haben kaum den ersten Flipflop auf seine Schwelle gesetzt, da umwabert uns auch schon der vertraute Klangteppich eines Eros Ramazotti, wie uns überhaupt Heimat entgegenschwappt. Niemals hätte ich von mir erwartet, die gerne von Journalisten gestellte Frage »Was ist für Sie Heimat, Herr Herbst?« mit dem Satz zu beantworten, sie sei für mich eine Mischung aus dem Ex von Michelle Hunziker, rot-weiß-grünen Fahnen und Rotweinkorbflaschen, in denen tropfende Kerzen stecken.

Als wir dann von dem italienischst wirkenden italienischen Chef aller Zeiten, der verwirrenderweise auf den Namen Sokrates hört, was zu lesen bekommen, und die ersten Zeilen, auf die unser Augenlicht trifft, aus Vertrautem wie Pizza Margherita und Spaghetti Aglio Olio bestehen, ist mir so, als sähe ich bei der einen oder andern Kollegin etwas Feuchtes die Wange runterrinnen. Kollegen, die seit Jahrzehnten zentnerschwere Lampen an Filmsets hin- und hertragen und die eigentlich nichts mehr erschrecken kann, seit sie mit Helmut Berger und Klaus Kinski gedreht haben, werden unversehens weich wie die Kräuterbutter auf unserem Tisch, und auch ich kann mein »Ubi bene, ibi patria«, zu deutsch »da, wo mein Handy klingelt, bin isch ze Hause«, nicht verhehlen und entblöde mich vor versammelter Mannschaft, das Versprechen abzugeben, noch in Chile alle CDs von Milva, Adriano Celentano und Al Bano und Romina Power runterzuladen.

Sokrates, der sehr wohl den Glanz in unseren Augen wahrnimmt, braucht keinen weiteren Grund, sich mit einer Flasche seines besten Grappas in unsere Runde zu setzen, und mit Sicherheit ist es kein Zufall, dass er den Platz zwischen den blondesten meiner Kolleginnen einnimmt. Da hat der Italiener ein konkurrenzloses Sensorium, wenn es darum geht, das eigene Beuteschema mit Frischfleisch zu bestücken. Wie Jürgen Prochnow seinerzeit in *Das Boot* fährt er sein Periskop aus, hoffend, in den blonden Augen ähnliches Verlangen zu entdecken oder zumindest einen Platz, wo er für einen Moment abtauchen könne. Von diesem Moment an hat er den Spitznamen »U 96« weg, und dieser Name passt doppelt, denn der Jüngste ist er auch nicht mehr.

Im Laufe dieses trestergeschwängerten Nachmittags erfahren wir, dass U 96 vor vielen Jahren zum Ski-Weltcupteam der italienischen Nationalmannschaft gehört hat und nach der Weltmeisterschaft 1979 in dem chilenischen Schneeparadies Valle Nevado in den Anden einfach hängengeblieben ist. Die hochgezogenen Augenbrauen unseres Regieassistenten verraten mir, dass er in diesem Moment dasselbe denkt wie ich, nämlich, dass er nie im Leben »einfach hängengeblieben« ist, sondern schlicht und ergreifend vor dem Abtauchen verabsäumt hat, die Schotten dichtzumachen, sprich, er sich an einem besonders grappaseligen Abend dermaßen weggeschossen haben muss, dass er nicht mehr nach oben kam und man ihn einfach vergaß.

Wie dem auch sei, die Nudeln sind die besten unseres Lebens, und wären wir Restauranttester, würden wir diese Trattoria, die wir in Deutschland nicht mal zum Pinkeln aufgesucht hätten, auf Seite eins vom Schlemmeratlas setzen.

15
Nachmittags

Liebes Logbuch!

Erkenntnis des Tages: Die Welt ist ein Dorf und der Herbst sein Depp, inzwischen Worldwide.

Joggte eine Stunde an der chilenischen Küste entlang. Herrlich. Das Gefühl, rechts neben sich den Pazifik zu haben, um sich 25 Grad und in jedweder Richtung Menschen, die einen nicht kennen, hatte was, allein Letzteres sollte sich als Trugschluss erweisen, wurde ich doch bereits auf den ersten Metern von einem Einheimischen mit »Hola Sssstromberge!« begrüßt.

Auf Nachfragen erwies sich der Zeitgenosse als einer, der Internet nicht nur nicht für ein Café hielt, sondern in ihm sogar zu Hause zu sein schien. Breitbeinig stellte er sich auf der schmalen Promenade vor mich und in Sekundenschnelle musste ich meine Hand vor die Augen halten und abbremsen, weil ich so stark geblendet wurde. Es war tatsächlich ein Zahn, der mich fast stolpern ließ, nämlich der goldene Schneidezahn dieses Mannes, der die tiefstehende Sonne reflektiert hatte.

Eigentlich hatte ich zu wissen geglaubt, wie der *Stromberg*-Fan aussieht, ein chilenischer Edelmetallträger namens Alonso war bislang jedenfalls nicht darunter gewesen. Spannend. Ungefragt hatte er sich vor mich gestellt und sich mir vorgestellt, und lächelnd versuchte ich wieder in ein langsames Trippeln zu kommen, um ihm damit zu signalisieren, dass ich weiterzulaufen gedachte. Er quittierte meinen Ausbruchsversuch mit einem lachenden

»Bernd! Du altesss Ssslüpfersstürmer! Wie ssstehen die Akten?«

Wie vom Donner gerührt blieb ich abermals stehen, diesmal von diesem Original-Zitat geblendet, dem meine Ohren kaum trauten. Er hatte mich »Bernd« genannt und mir den Namen »Schlüpferstürmer« gegeben, ein Ausdruck, der nur ein einziges Mal in der kompletten Serie fällt, nämlich, soweit ich mich erinnerte, in der allerersten Staffel, wenn sich Bernd mit dem Manager von Roland Kaiser unterhält. Allem Anschein nach hatte ich es hier mit einem Hardcorefan der ersten Stunde zu tun. Immerhin war die erste Staffel schon fast sechs Jahre her. Gutgelaunt konterte ich mit der Fan-Quiz-Frage:

»Höher als *was* sollte man den Arsch nie hängen?«

»Alsss man sssseißen kann … bohahahahaha …!«

100 Punkte! Eindeutig. Nicht nur hatte er die Antwort richtig gegeben, sondern sie auch noch abgeschmeckt mit derselben Lache, die ich für meine Kunstfigur er-

funden hatte. Selten hatte ich sie so perfekt imitiert gehört. Geplättet, gebauchpinselt und interessiert, hörte ich auf zu trippeln, und zeigte mich bereit für den ersten transantlantischen Comedyplausch an einem chilenischen Strand mit einem sympathischen Eingeborenen, dessen beide Augen und zumindest *ein* Zahn mich anfunkelten.

»Krasse Serie, oder?«

»Krasssse Documentacíon, sí! Maaann, SSSie hier sssu ssehen – *dasss* issst krassssss!«

»Die Welt ist klein. Und Sie haben alle Staffeln gekauft und geguckt?«

»No, ich habe alle gesssaugt und gebrannt.«

»Oh.«

»Ssssorry!«

»Ach, k-kein Pro … äh … Problem! aber geguckt haben Sie sie alle?«

»Seguro! War ein ganzzz sssöner … ähm … wie sssagt man?«

»Spaß!!!?«

»… No, äh … Sssstress!«

»Oh! Okay!? Aber das Ganze will ja am Ende dann doch eine Comedy sein, gell?«

»Dasss Leben issst immer Tragedy!«

»Viele sehen das bestimmt so, aber …«

»Eben. Und ihr ssseigt das Leben. Von ssseine ssslimmsssste Ssseite. Ssssеißse!«

Ich folgte seinem Blick nach unten, denn ich dachte, er habe in diesem Moment einen großen Hundehaufen entdeckt, aber er hatte mit diesem Kraftausdruck wohl tatsächlich nur seine Einschätzung der Gesamtsituation zusammengefasst. Irritation lag in der Luft, zumindest in meiner. Vorsichtig fragte ich nach:

»Aber insgesamt, so, die Gags …«

»Wir alle, alle wie wir da sssind, ssssind Gagss, Gagss in Gottess grosssstem Witzss!!«

Ooha! Er begann philosophisch zu werden und das auf eine immer aggressivere Art, die mich zunehmend nicht mehr nur irritierte, sondern motivierte, möglichst rasch weiterzulaufen. So warf ich ihm also ein kurzes

»Läääuuft!«

zu – ich hätte auch »Amen!« rufen können, wollte ihn aber nicht noch mehr aus der Reserve locken – und machte einen kleinen Ausfallschritt, um an ihm vorbeizukommen. Er machte denselben Schritt. Ich wich zur anderen Seite aus, er wich mit. Und noch während ich darüber nachdachte, ob ich noch was sagen oder besser die Klappe halten oder, am allerbesten, mich in Luft auflösen sollte, legte er bereits wieder nach:

»Und esss kann keine Ssssufall ssssein, den grosssten … äh … wie sssagt man?«

»… Hm … Komiker?«

»No!«,

pöbelte er,

»den grossten Sssweinehund von die ganssse Welt vor die Flinte zu kriegen!«

Mich schauderte.

»… ähm … ›Flinte‹ jetzt im Sinne von …«

»Sssseißse! In Sssinne von Ssseißse für dich!«

Jetzt wurde es gaaanz langsam brenzlig. Er hatte mir nicht nur mit dem Tod durch das Gewehr gedroht, sondern mich auch noch geduzt. Nicht, dass ich etwas gegen Duzen an sich einzuwenden hätte, aber in Verbindung mit der sehr deutschen Redewendung »vor die Flinte kriegen« und das dann auch noch im Ausland und dann auch noch mit nur *einem* echten Schneidezahn – das war mir zu viel!

Ich startete meinen finalen Rettungsschluss:

»Hören Sie! Wir, also die Serie, ich meine, im besten Falle versuchen wir da im Fernsehen Wirklichkeit abzubilden, aber doch immer … immer überhöht. Verstehen Sie, wir bemühen uns in der kompletten Serie um

Realismus, also eigentlich geradezu um Naturalismus. Ich weiß nicht, ob Sie mir … Jedenfalls ist jeder Stotterer, jede … jede dampfende Kaffeetasse, jeder, jeder Blick, alles, ausnahmslos, ist wie … wie eine Choreographie, da wird nichts dem Zufall überlassen. Dem ganzen Team geht's nur darum, dass …«

»… dass echt rüberkommt, wasss echt issst!«

Du gute Güte! Jetzt wusste ich, wo der Hase langlief, und ich hoffte, dass er schneller war als dieser Jäger hier. Er hielt mich für den echten Bernd und nicht für seinen Darsteller!

In vergangenen Jahren hatte ich vergleichbare Situationen als Kompliment abgehakt, aber schon damals war mir klar, dass mir das nur so lange gelingt, wie ich nicht mit gebrochenem Nasenbein im Herz-Jesu-Krankenhaus liege. Der Rächer der Unterprivilegierten stand mit seinem Zahn vor mir wie Henry Fonda vor Bronson in *Spiel mir das Lied vom Tod*, und als würde er ahnen, wie er mir vorkam, spuckte er mir vor die Füße. Mir entfuhr auf diese Demütigung hin ein leider nur fast unhörbarer Ausatmer, denn schon schrie mein persönlicher Alonso Fonda:

»Ssssiehsssst du! Dasss Ausssatmen! Genaussso macht esss diesssesss, diessssess menssssenverachtendess Asssslloch!«

»Menschenverachten*de* Arschloch!«,

verbesserte ich ihn, und schon hatte ich mir eine gefangen.

Einmal mehr war ich froh, dass das mit der Flinte wohl wirklich nur bildlich gewesen war, nichtsdestotrotz wagte ich kaum darüber nachzudenken, bei welcher Gelegenheit dieser leicht verstrahlte Pazifiker hier einen seiner wichtigsten Zähne eingebüßt haben mochte. Er schien zu allem bereit zu sein.

Vielleicht hatte mein *Stromberg*-Kollege Bjarne Mädel, der den Ernie spielt und ausgemachter Chile-Freund ist, bereits *vor* mir eine Begegnung der dritten Art mit diesem Herrn hier gehabt und ihm dabei das Gebiss veredelt. Das musste ich ihn unbedingt fragen – falls ich hier wieder lebendig rauskam. Bislang hatte mir der lateinamerikanische Stalker nur eine gewischt. Mein mir eigener christlicher Ansatz ging jetzt nicht so weit, ihm auch noch die andere Wange hinzuhalten, und so entschied ich mich für das, was ich eh vorgehabt hatte: Laufen! Ich zeigte mit erhobenem Finger und verdutztem Gesicht auf einen imaginären Punkt hinter ihm, rief lauthals:

»Och!!!«

und nutzte sein erschrockenes Rumdrehen dazu, die Beine in die Hand zu nehmen und weiterzujoggen, auch wenn es sich nun eher wie Wegrennen anfühlte. Ein deutliches

»K a c k s t i e f e l !!«

rief ich allerdings doch noch zurück, und so, wie er meine Serie zu kennen schien, würde er selbstverständlich wissen, dass genauso Ernie Stromberg in Staffel vier nennt.

Da denkt man, man hätte zwischen all den Mengeles endlich die Aussicht auf Ruhe und könne einfach mal überheblich drauflosIaufen und zack!, fliegt einem auch schon die eigene Hybris um die Ohren.

Hola Sssstromberge!

Wenn mich gleich eine alte, hässliche Blondine in ostdeutschen Klamotten auf einen Kaffee einlädt und mich ansächselt mit den Worten »Hallo, ich bin die Margot!«, dann gehe ich nach Hause.

Morgen klebe ich mir wieder meinen Tarnschnäuzer an. Wie heißt es vollkommen zu Recht in dem berühmten chilenischen Sprichwort: Nur wer aussieht wie die anderen Nazis, fällt nicht auf.

16
Der Abend

Schlagartig wird unserem Ort noch das bisschen Zauber genommen, das er sich mühsam über den Tag erarbeitet hat, und er fällt zurück in einen Zustand, der jede Abrissbirne in Verzückung versetzen würde, denn – die Sonne geht unter.

Unser Häuflein hat sich entschlossen, heute Abend seine Zuflucht in ein wenig Kultur zu finden. Immer nur saufen ist auch keine Lösung – und werden wir danach eh wieder tun.

Wir gehen ins Theater. Wenn wir die auf den verdreckten Straßen umherfliegenden Flyer richtig verstanden haben, wird uns ein Tangoabend versprochen. Die Negativeren unter uns sind der Meinung, es könne sich dabei auch um einen Vortrag des chilenischen Kulturattachés über »Historie und Relevanz des argentinischen Gesellschaftstanzes vom Mittelalter bis zur Moderne« handeln. Letztlich entschied aber die schwache positive Mehrheit, das Wagnis einzugehen, wenngleich stark eingeschüchtert von der Aussicht, zwei Stunden lang einem uncharismatischen Redner zuhören zu müssen, der uns in einem unklimatisierten Raum auf Spanisch irgendwas vom Pferd erzählt.

Was soll ich sagen – der Abend war kracha.

Es wurde getanzt, und unsere Negativzelle wirkte fast ein wenig eingeschnappt, dass sie nicht recht behalten hatte.

Am Ende waren es aber alle zufrieden.

Die drei tanzenden Paare arbeiteten ihre Choreographien auf höchstem Niveau virtuos ab und es stellte sich tatsächlich, bis hoch zu unserem zweiten Rang, etwas von der diesem Tanz innewohnenden Erotik ein, deretwegen er zu Recht seit Jahrhunderten so fasziniert.

Zwischendurch immer mal wieder charmant unterbrochen wurde die Darbietung von einem würdevollen, graubärtigen Herrn, der singend chilenisches Volksgut zum Besten gab, wenn er nicht durch Moderationen das dahinschmelzende Publikum bei Laune hielt. Immer wieder beömmelten sie sich oder stiegen in einen Kanon ein. Mir fiel auf, dass die attraktiven Teamdamen neben mir es süß fanden, wenn ich schon mal eine Melodie mitsummte. Ich überlegte mir, wie sie es dann wohl finden würden, wenn ich sogar bei den Moderationen mitlachte?

Gedacht, getan.

Wie ein ausländischer Gast auf dem *Wetten, dass ...?!*-Sofa, der ja auch immer leicht zeitverzögert seine Simultanübersetzung empfängt, schüttete ich mich, sobald ich spürte, dass der Körper der neben mir sitzenden Chilenin zu wackeln anfing, mit einer knapp einsekündigen Verzögerung schallend aus und übernahm sogar den Tonfall ihrer Salven, denen ich wie ihr Echo folgte. Am Ende war ich ihr gelehrigster Schüler und unterbot die Sekunde um bis zu siebzig Prozent.

Unsere Blondinen waren nicht schlecht beeindruckt von mir, mussten sie doch denken, ich spräche fließend Spanisch. Die eine beugte sich über mich und fragte flüsternd, was er gesagt habe, was ich natürlich weltmännisch an mir abtropfen ließ:

»Das ist ein ganz ein Verrückter, ist das, muahahahahaha … pffffffffffft …!«

»Wieso? Was genau hat er denn gesagt?«

»Hm? Aaach, das würde jetzt zu weit führen, wenn ich das …«

»Och, ich hab Zeit …«

Stimmt. Die hatte sie.

Und die Nacht war knalla.

17

Sonntag, 17. Januar, immer noch Viña del Mar

Übermorgen geht es dann auf einem 13-Stunden-Flug Richtung Australien nach Französisch-Polynesien, genauer Bora Bora, unserem letzten Bestimmungsort, wo wir unser filmisches Kleinod zu Ende gurken werden.

Mein persönlicher nächster Drehtag wird in zwei Wochen sein.

Vollbeschäftigung sieht anders aus.

Da ich keine Lust habe, mich immer nur voll zu beschäftigen, habe ich beschlossen, den morgigen und letzten Tag hier einmal ohne Alkohol zu erleben. Auf dem Plan steht eine privat durchgeführte Tour in die nur einen Steinwurf entfernte Hauptstadt des länglichen Landes, Santiago de Chile. Aber mein Vorsatz gilt erst für morgen und so zeige ich am Abend unserem Grappafreund noch einmal, was die deutsche Leber so bekannt gemacht hat.

Ich genieß das hier. Der so durch und durch entschleunigte Südamerikaner vermag es, einen mit seiner »¡Hasta mañana!«-Haltung zu infizieren. Und wer glaubt, die wörtliche Übersetzung sei »bis morgen!«, wird sich überrascht sehen, es heißt lediglich »heute keinesfalls, vielleicht übermorgen …« Diesen Infekt hat man gern und man bleibt mit Freuden länger krank. Ich werd erst am 3. Februar wieder gesund, da geht es zurück ins deutsche Tiefkühlfach.

In diesem Augenblick setzt sich Siegfried Rauch an meinen Tisch, der Kapitän des Traumschiffs. Für ihn ist die Brücke an Bord eher eine Art Palliativstation. Man kann seinem Ende auch entgegengolfen, er macht beides: verdient sich zur Freude der BFA zu seinem Rentner-Knäcke noch ein richtiges Zubrot *und* geht der Verbesserung seines Handicaps bei jedem Landgang nach.

Hätte nicht übel Lust, in 35 Jahren sein Leben zu übernehmen. Die Vorstellung, mit knapp achtzig von einem maroden Gesundheitssystem wie ein Fehler behandelt zu werden und ein schlechtes Gewissen zu haben, weil das eigene Bett einfach nicht frei werden will, ist wahrlich weniger sexy. Der Mann hat mit Lee Marvin gedreht, und Steve McQueen und er waren beste Freunde. Gut, ich kann zumindest »I was born under a wandering star« singen und kenne *Die glorreichen Sieben*, aber dennoch, mit seinen stahlblauen Augen und dem dichten weißen Haar nötigt er einem Respekt ab, zumal ich vor allem das mit den Haaren nicht mehr hinkriegen werde.

Apropos: Harald Schmidt, der sich inzwischen wieder in seiner Kölner Sitzgruppe langweilt, war so gar nicht der Anti-Christ, für den ich ihn immer hielt, sondern stellte sich an seinen drei Drehtagen als ein zu allen charmanter Kollege auf Augenhöhe heraus. Dies ist das wahre Jetset: Zwei Tage saß er im Flugzeug für drei Tage vor Ort. Gelebtes ökologisches Bewusstsein.

Nach mehreren Stunden erlebter Gastronomie falle ich auf das wohlverdiente Bett und in einen ebensolchen Schlaf.

Heute traumlos.

18

Letzter Festlandtag

Heut kehre ich diesem Platz, auf dem wir geparkt wurden und der so gerne schön wär, es aber einfach nicht ist, den Rücken und fahre mit einem Linienbus in die knapp sechzig Minuten entfernte Hauptstadt des Landes. Park and ride eben.

Trinke nur einen schnellen Kaffee vom morgendlichen Hotelbüfett, alles andere krieg ich eh nicht runter. Obstsalat, der Frische vorgaukelt, aber nach Konserve riecht, Brot, das kross tut, mit dem man aber jemanden erschlagen könnte, und Wurst, mit der man, außer essen, alles machen kann, beispielsweise sich drin spiegeln. Ich *war* nie ein großer Frühstücker und hier *werd* ich es nicht. Der Kaffee ist okay, wenn man nicht erwartet, dass er nach Kaffee schmeckt. Der tonangebende Geschmack ist Chlor, im Abgang schmeckt er muffig, nur verbrühen kann man sich zum Glück nicht: er ist kalt.

Derart gestärkt wackle ich zum Busbahnhof, der leicht zu finden ist, da anscheinend Gott und die Welt weg will. Ich seh meinen Bus schon von ferne. Er hat die längste Schlange. Brav reihe ich mich ein. Zu meiner Verwunderung verkauft der Busfahrer Fahrscheine, die den Gast an einen bestimmten Platz binden. Es gibt keine freie Wahl. Wie warme Semmeln werden ihm die Stehplätze aus der Hand gerissen, und ab jetzt komme ich mit dem Staunen nicht mehr hinterher. Dass man während der Fahrt überhaupt stehen *darf*, ist ja schon abenteuerlich, aber dass dies auch noch fast alle *wollen*, hätte mich stutzig machen sollen.

So aber freute ich mich über meinen Platz, der in jedem Bus mein Lieblingsplatz ist, nämlich hinten, vorletzte Reihe, am Fenster. Frohgemut und nur leicht verstört erreiche ich ihn, während um mich Taschen, Koffer und Tüten auf den Plätzen abgelegt werden und man sich auf dem Mittelgang aufs Stehen einrichtet. Ich sitze noch keine fünf Sekunden, da fährt der Bus ruckelnd und spotzend los, und ich bekomme eine Ahnung, warum die einheimischen Fahrgäste in diesem Vehikel die Stehplatzvariante vorziehen.

Zum einen versieht nämlich die Klimanlage nur röchelnd ihren Dienst und auch den nicht nach Vorschrift, sondern nach Gutsherrenart, so dass alle giraffig die Hälse recken, um zumindest die Windzüge aus den hochgestellten Dachluken zu erhaschen, und zum anderen ist mein Sitz dermaßen hart und unbequem, dass sich die eine Feder meines Polsters, die sich gefährlich den Weg Richtung Körperöffnung bahnt, geradezu weich dagegen ausnimmt. Ich werde schon auf den ersten Kilometern so kräftig und unnachgiebig durchgerüttelt, dass es mir zumindest gedanklich zum Strohhalm gereicht, dass mein Steißbein nicht auch noch einen Fuß hat, denn der wäre jetzt von Blasen und

Schwielen übersät. Auch bei allen andern Sitzflächen, die ich sehen kann, beult sich die durchgesessene Auflage bedenklich, so dass ich in Ermangelung freier Stehfläche schäfisch meine Lage erdulde und mir denke, dass die Schmerzen des Pilgers, der auf den Knien in das andere Santiago rutscht, nicht größer, nur woanders sind.

Während ich mich so richtig in der Pose des Leidenden einzurichten beginne, zieht draußen die Schönheit der Natur vorbei: welch ein Genuss! Wegen einer Karambolage auf der eigentlichen Autobahn musste unser Personentransporter die alte Passstraße nehmen, und zum ersten Mal bin ich froh, dass es Staus gibt.

Ich fahre durch die Anden! Die Wucht und Erhabenheit dieser längsten Gebirgskette der Welt lassen einen rasch vergessen, dass man grad im langsamsten Bus der Welt unterwegs ist. Was bekomme ich alles zu sehen! Ganze Terrassen von Kakao- und Bananenplantagen, Kaffee, Tabak und Mais zum Greifen nah, wir müssen bereits eine beachtliche Höhe erreicht haben, Kamele sowie Alpakas kann ich beobachten, die phantastische Aussicht auf einen funkelnden Stausee genießen, freundliche Menschen winken einem zu, die mit Sicherheit nicht *mich* meinen, sondern wohl eher den einen oder anderen Bekannten hinter den Scheiben vermuten, die mit 30 km/h an ihnen vorbeijökeln, Scheiben, die einen mittlerweile einladen, das Augenmerk doch lieber wieder ins Innere zu richten, so verschmiert wie sie nach kürzester Zeit aussehen. Eine schleimig-grüne Flüssigkeit trieft außen das Glas herunter, die sich in unterschiedlich breiten Rinnsalen über die rechte Seite des Busses ergießt, die Seite, von der aus uns zugewunken wurde. Entweder hat eine als chilenische Hochlandbauern getarnte extraterristrische Spezies am Straßenrand die Hand gegen uns erhoben, weil wir aus Versehen deren Angehörige überfahren haben, oder aber es waren hiesige Kameltreiber, die mit ihren Herden einen Spaziergang unternommen haben.

Ich wage einen letzten verschwommenen Blick und einige mich mit mir auf die zweite Variante, zumal ich jetzt sehe, dass die Kamele tatsächlich Lamas sind, und die haben uns anscheinend auf ihre ganz eigene Weise begrüßt. Die Gelassenheit, mit der alle Busfahrer diese Bespuckung zur Kenntnis nehmen, ist markant. Allem Anschein nach ist das nichts Ungewöhnliches. Zum Glück ist das aber in dieser Gegend kein Gruß, der üblicherweise erwidert wird.

Die rechte Seite ist nun also für Sightseeing nicht mehr wirklich geeignet, und die linke ist versperrt durch herumstehende Fahrgäste, die nach wie vor das Nicht-Schwitzen dem Verkrampft-Sitzen vorziehen. Zeit für mich. Ich hole mein iPhone heraus, um zu gucken, ob es mir etwas mitzuteilen hat, und, tatsächlich, es hat. Eine mir unbekannte Nummer hat mir eine SMS geschickt, die ich natürlich sofort neugierig öffne.

Wir sollten uns vertragen und blöd zu sein vertagen. C

Wer ist C? Hab ich mich in einem Anfall von Verstrahltheit selber angesmst? Habe ich was mit mir zu klären? Warum sag ich mir das nicht direkt, sondern warte darauf, in den Anden abhandengekommen zu sein? Noch bevor ich auf den dummen Gedanken kommen kann, ich hätte eventuell eine gespaltene Persönlichkeit, schießt mir eine realistischere Idee ein. So prägnant und stets in Versen schreibt nur eine einzige Person, die ich kenne, schon mal besser kannte, und mit der ich jetzt nicht mehr kann. Damalige Zweizeiler waren allerdings lasziverer Natur, wie

Lise, Lase, Löse
Nase in die Luft

oder

Statt mich stets zu foppen
Solltest du mich zum Essen einladen

Es ist unsere Tiertrainerin, meine stets alle Register ziehende Ex-Orgel, die XL-Version der Frau, die ich mal geliebt habe und die inzwischen nekrophil ist. C wie Christi*a*ne. Ihr neuer Freund und sie werden bestimmt bald zusammenziehen, ins Altenheim, in ein Zimmerchen mit Salzteigschild an der Tür: *Hier wohnen C und Hammerzeh.*

Was will sie von mir? Warum wanzt sie sich an mich ran? »Die Tante soll mich bloß in Ruhe lassen!«, denke ich und schiebe das Handy in meine Tasche zurück.

»Kannst ruhig antworten. Musst keine Angst haben, dass sich die Tante wieder an dich ranwanzt«, echot es in mir, aber im Sopran, und vor allem … hinter mir. Ich drehe mich um und sehe direkt in die Augen meiner Gedankenleserin. Christiane. Verflucht noch eins, nicht mal in einem sich durch das chilenische Hochplateau schiebenden, mit Lamaspeichel vollgerotzten Bus mit Stehplätzen hat man seine Ruhe.

»Hey, das gibt's ja nicht! Was machst du denn hier?«,

frage ich etwas zu fröhlich.

»Mich wundern, dass du nicht auf mein Friedensangebot eingehst,«

erwidert sie frech, und ich sehe zum ersten Mal in meinem Beisein ihr Lächeln. Das mochte ich immer so, und ich denke, sie weiß das.

»Oh, und deswegen bist du hier?«

»Klar, hab mich hierher gebeamt.«

»Wie lange sitzt du denn schon da?«

»Da der Bus keinen Zwischenstopp hatte, muss ich wohl von Anfang an hier hocken.«

Klingt einleuchtend. Muss mich erst mal sortieren. Alles ein bisschen viel für mich im Moment. So schweige ich denn beredt und stelle fest, dass wir das sogar beide können. Alles scheint gesagt zu sein.

Die Ruhe tut gut und der gleichmäßig röhrende Dieselmotor unseres Busses hat was Einlullendes. Der

Schweiß rinnt über den Steiß und lindert kühlend meine Schmerzen, und der nach und nach wieder frei werdende Blick auf die Natur setzt dem Ganzen die Krone auf, nämlich die der Schöpfung.

»Hat was Meditatives«,

höre ich von hinten.

Warum überrascht es mich nicht, dass sie es ähnlich empfindet wie ich? Ich schließe meine Augen.

Die sechzigminütige Strecke haben wir in drei Stunden zurückgelegt. Leicht gerädert steige ich aus.

Fasse mir ins Kreuz, das im Moment vollkommen zu Recht diesen Namen trägt. Bemerke den leicht verwunderten Blick von Christiane auf mir. Klar, ihre Biomasse hat sie schützend umschlossen, wie der Kokon den werdenden Schmetterling, und irgendwie habe ich den Eindruck, ihre Metamorphose zur Raupe sei noch nicht das Ende. Zu wach sind ihre Augen, zu besonders ihre Anlagen.

Nach kurzem Zaudern auf beiden Seiten entschließen wir uns leicht fatalistisch, gemeinsam die chilenische Hauptstadt zu erkunden. Viel Zeit bleibt nicht mehr. Der letzte Bus zurück geht bereits in fünfeinhalb Stunden. Wir verlassen den Busbahnhof in Richtung Metro und entscheiden uns, zunächst Richtung City zu fahren und uns dann vor allem zu Fuß bewegen zu wollen, eingerostet wie wir sind. Wie ein unterirdischer Palast aus der Gründerzeit kommt mir unser Zielbahnhof vor und erinnert mich entfernt an die hochherrschaftlichen Hallen, durch die die Moskauer U-Bahn braust. Gut geklaut, Chilene! Ich bin gespannt, was für eine fremdartige Welt, welche Gerüche und was für Menschen uns über Tage erwarten.

Wir kraxeln die gut achtzig Stufen hoch – selbst wenn wir die Rolltreppe hätten nehmen wollen, wäre das nicht gegangen, sie ist »fuera de servicio« – und werden gedämpft. Der Gestank einer nordamerikanischen Burgerkette schlägt uns entgegen, und wir haben den Eindruck, in der Fußgängerzone einer deutschen Kleinstadt zu stehen. Hässliche Fassaden, hektische Konsumenten, uncharismatische Schaufenster. Und, wohin das Auge reicht, Menschen mit Handys. Fotografierend, spielend, filmend, drauf rumhackend. Bin fast erleichtert, als ich jemanden sogar damit telefonieren sehe. Schnell sind wir uns einig, dass uns das hier zu bekannt vorkommt, und sehen an einem Laternenpfahl ein Schild, auf dem irgendwas von Hl. Christophorus, Maria und »ferrocarril« oder so steht. Da ich mich zumindest von den Namen ein wenig angesprochen fühle, betrachten wir das schmunzelnd als Zeichen und gehen in die gewiesene Richtung.

Bin, wie soll ich sagen, irritiert, wie vertraut es sich mit Christiane anfühlt. Wir müssen nicht viel Worte machen und wenn, sind wir einer Meinung, wir lachen, wundern uns und schimpfen über dieselben Dinge, und wenn die Stimmung mal kurz zu sieden droht, kühlt einer von uns die Temperatur sofort wieder mit einem abschreckenden Witzchen runter.

»Ferrocarril« stellt sich als Zahnradbahn heraus, und die erfährt mit uns ächzend und wackelig einen Höhenunterschied von knapp 150 Metern. San Cristóbal haben die spanischen Eroberer diesen Berg getauft. Auf seiner Spitze befindet sich eine 22 Meter hohe Statue der Mutter Gottes, die wir in einem dreißigminütigen Fußmarsch erwandert haben. An ihrem Sockel rasten wir.

Unseren Kaffeedurst hatten wir gehofft, auf halber Höhe in einer heruntergekommenen Bar zu stillen. Leider jedoch hatte die Kaffeemaschine genau in diesem Moment ihren verkalkten Geist ausgehaucht. Wir fragten nach ein wenig Wasser, worauf man uns spitzfindig antwortete, man habe nur viel. Und tatsächlich: Seine ausschließliche Darreichungsform waren 5-Liter-Plastikflaschen. Kein Wunder, dass diese Lokalität so verrottet wirkte. Anscheinend wollte man zwanghaft keine Umsätze tätigen.

Da ich aber was trinken musste *und* einer Koffeinspritze bedurfte, tat ich das, was ich noch niemals getan hatte. Ich kaufte eine Zweieinhalb-Liter-Flasche Cola. Eigentlich nehme ich diese fürchterliche Zuckerplörre nur zusammen mit Salzstangen zu mir und auch das nur, wenn ein Magen-Darm-Virus danach verlangt. Jetzt aber schien es die einzige Möglichkeit zu sein, beide Bedürfnisse mit einer Klappe zu schlagen. Es gelang. Zwar schmeckte dieser als kohlensäurehaltiges Erfrischungsgetränk getarnte Sirup entsetzlich, aber für den Moment fühlten wir uns gewässert und belebt.

Sitzen nun an dem Fuße einer hochhaushohen Madonna und sind uns einig, dass dieses Santiago de Chile selbst von oben kaum zu ertragen ist. Zwar lassen einen die teilweise schneebedeckten Berggipfel der Anden über das eine oder andere hinwegsehen. Die Skyline jedoch bleibt unansehnlich, die Stadt wirkt wie eingekesselt und über allem ist die schlechte Luft geradezu zu sehen. Eine gelbliche Glocke hängt über allem.

»Wie Stuttgart«,

sagen wir synchron und lachen ein Lachen, das sich bei mir mit einem Hauch Wehmut mischt. Ob auch bei ihr, trau ich mich nicht zu fragen. In der schwäbischen Metropole hatten wir uns damals bei Dreharbeiten kennengelernt. Lange her, längst vergessen. Nur die Details sind noch verdammt präsent.

»Ganz schön klein«,

sagt sie auf einmal, und ich weiß nicht recht, wen sie meint. Sie schwenkt ihren Blick nach oben und, richtig, diese Maria hier ist kein Vergleich zu ihrem Sohnemann auf dem Corcovado in Rio de Janeiro. Der ist fast zweimal so hoch und darf außerdem die Arme ausbreiten, was ihn noch stattlicher erscheinen lässt. Geradezu zierlich nimmt sich dagegen seine Mutter hier aus.

Ich dachte, die Marienverehrung hätte gerade in den südamerikanischen Ländern so einen unfassbar hohen Stellenwert. Hat sich da am Ende dann doch wieder der

Macho durchgesetzt? Ich habe diesen Gedanken noch nicht ganz zu Ende gedacht und will ihn gerade in Worte fassen, als ein fürchterliches Rumpeln die heilige Ruhe durchbricht. Es ist eher ein rhythmisches Hämmern als ein diffuses Scheppern, auf jeden Fall wird es in Sekundenschnelle lauter und lauter, und der Boden scheint zu vibrieren.

Wow. Erdbeben.

Ich drehe mich um, und erst diese Bewegung lässt eine genauere Ortung zu. Es ist … die Statue. Ein Wunder? Eine neuerliche Fleischwerdung? Jedenfalls scheint sie uns was mitteilen zu wollen. Mir stellen sich die Haare auf, die feinen, hinten im Nacken, ich spüre, wie sich Blitzschweiß in Tröpfchen im Bereich meiner Oberlippe bildet, bekomme aber meine wie gelähmt wirkende Zunge nicht heraus, um ihn zu entfernen, und überhaupt bricht um uns herum auch bei allen anderen fast so etwas wie eine Panik aus. Eine Mutter hält schützend die Hände über ihren Dreijährigen, reißt ihn hoch und läuft den Berg hinab, schaut immer wieder mit aufgerissenen Augen nach hinten, ein älterer Herr mit Bart bekreuzigt sich in atemberaubender Geschwindigkeit, er scheint etwas wegwischen zu wollen, andere fallen auf die Knie, wieder andere sich in die Arme, als hätten sie auf dieses Zeichen gewartet, und ich meine, aus mindestens einem einheimischen Mund das wort »Armageddon« zu hören.

Für einen kurzen katholischen Moment beschleicht mich das ungute Gefühl, dass es meine leicht blasphemischen Gedanken sind, die gerade abgestraft werden.

Unzählige Menschen werden ihr Leben lassen, viele werden zu Witwen oder Waisen, kaum vorstellbares Leid wird sich auf die Hinterbliebenen legen, und ich bin schuld.

Wow. Herbst.

Nur eine einzige Person ist in diesem endzeitlichen Szenario die Ruhe selbst. Sie beobachtet, analysiert und schlussfolgert und all das mit einer fast schon buddhahaften Gelassenheit, die ich in der Vergangenheit vielleicht zu oft und ungerecht mit Phlegma verwechselt habe. Christiane. Längst ist sie nämlich aufgestanden, hat sich Richtung mutmaßlicher Quelle des unheilvollen Getöses aufgemacht, der Madonna, und hält in diesem Augenblick eine Tafel hoch. »fuera de servicio« steht da, und ich wusste nicht, dass eine Heilige außer Betrieb sein kann. Fakt ist, dass in ihr – sie ist hohl, und das ist keine weitere Lästerung, sondern beschreibt rein physikalisch den Körper dieser Skulptur – Bauarbeiten stattfinden, und zwar mit Pressluft, Hammer und allem, was man so braucht, um ein Kunstwerk zu warten und sturm- und wetterfest zu machen. Der Südamerikaner an sich tendiert da anscheinend in seinem kindlichen Glauben an Wundertätigkeit, in seiner Vorstellung von Gut und Böse, nämlich Himmel und Hölle, und in seinem Festhalten an einem alttestamentarischen Gott, der zürnt und straft und rächt, zu einer gewissen Hasenfußtaktik.

Ich muss, wieder in Deutschland, dringend meine Mutter fragen, ob sie mal was mit einem Latino hatte.

Rasch hat sich der Aufruhr gelegt, denn inzwischen

haben alle Besucher des Monuments Christiane zur Kenntnis genommen, die sich, wie Charlton Heston als Moses mit den Gesetzestafeln auf dem Berg Sinai, mit ihrem Schildchen in der Hand den nötigen Respekt verschafft hat. Gut gemacht. Sehr gut.

Eine Viertelstunde später ist wieder Business as usual angesagt, nur der Souvenir- und Devotionalienverkauf hat enorm angezogen.

»Vielleicht noch ein zweites Standbein für dich. Bist ja die reinste Führernatur«,

sage ich.

»Nee, nee, lass mal. Mir reicht meine *Ver*führernatur.«

»Echt? Immer noch so umtriebig?«

»Was denkst du?«

»Nun, eigentlich, dass du angekommen bist.«

»Wo?«

»… hm … bei dir?«

»Ha-ha-ha-ha! strahl ich das aus? So was wie Sesshaftigkeit, weil ich inzwischen so breit wie hoch bin?«

»Was? Quatsch, nein, mir ist nur dein besonders liebevoller Umgang mit dem Kollegen Adolph Zaluskowski aufgefallen.«

»Mein wichtigster Mensch.«

»Eben. Und das merkt man. Ist doch wunderbar.«

»Wie man's nimmt. Ist nicht alles so einfach, wie's aussieht.«

»Wegen … wegen des Altersunterschieds?«

»Nö, dass der schon so alt ist, stört mich nicht. Ist nur so, dass einen alle ständig angaffen, Fragen stellen, sich wundern. Das nervt.«

»Tut mir leid. Ich hoffe, ich bin grad nicht auch ›alle‹!?«

»Nein, im Gegenteil, tut gut, mal vernünftig darüber zu reden.«

»Seit wann …?«

»Seit fünf Monaten.«

»Oh, das ist noch nicht lang. Aber es hat euch voll erwischt, was?«

»So kann man es ausdrücken.«

Ihre Augen werden feucht.

»Siehste. Und das meine ich mit ›angekommen‹. Du bist ja komplett berührt von ihm.«

»Rührung … ja, vielleicht … auch, aber in erster Linie ist es Liebe. Außerdem hab ich ihm so viel zu verdanken.«

»Ich denke, ihr … tut einander einfach gut. Er scheint dich zu erden, und du bist sein Elixier.«

»Gut gesagt.«

»Wohnt ihr zusammen?«

»Das fehlte noch, nee, nee, ich bin immer da, und das weiß er auch, aber wir wollen's nicht übertreiben …«

»… Also ist der nächste Schritt nicht der in die Kirche?«

»Du blödes Arschloch. Kannst du deine saudoofe Ironie nicht einmal weglassen?«

»Häh? wieso? Ich meine, so wie du redest, so angefasst wie du wirkst …«

»Wir haben bestimmt noch ein, zwei gute Jahre, und so lange will ich an Kirche und Friedhof und so'n Scheiß nicht denken müssen!«

»– – – – – Friedhof.«

»Du glaubst doch nicht im Ernst, dass mein Vater noch die Kurve kriegt!?«

»– – – – – Vater.«

»Sag mal, hast du 'n Papagei gefrühstückt? Mein alter Herr hat Krebs im Endstadium, und der Rademann hat ihm als guter Freund, der er ist, diese vielleicht letzte große Freude gemacht und ihn mit aufs Traumschiff genommen. Das hat sich ja wohl inzwischen rumgesprochen. Oder dachtest du etwa …?«

»Was? Unsinn. Nein, nee! Das ist … das ist natürlich … das ist … Wow. Rademann …«

Wie vom Donner gerührt bin ich, und »Rademann« ist das Letzte, was ich an diesem Tag zu ihr sage.

– – – – – gute Jahre.

Schweigend machen wir uns danach auf den Weg zum Busbahnhof und genießen, jeder auf seine Weise, die Fahrt zurück im Licht der untergehenden Sonne.

19

Papeete, Dienstag, 19. Januar, 9.42 Uhr

Bin soeben, nach Stop-over auf der Osterinsel, in der tahitianischen Hauptstadt Papeete gelandet. Spontan fallen mir die von heiterer Gelassenheit und süßem Nichtstun geprägten Bilder eines Gauguin ein, auf denen einheimische Schönheiten mit Blumen im Haar mit der Natur um sie herum wetteifern, wer nun schöner ist. Mein Gott, das muss lange her sein!

Der überwiegende Baustoff dieser extrem hässlichen Stadt scheint Wellblech zu sein, und auch ansonsten haben hier Kolonialmacht und Kirche ganze Arbeit geleistet, dafür zu sorgen, dass so etwas wie Charme von Ursprünglichkeit und Erhalt kultureller Identität quasi nicht mehr vorkommen. Willkommen in Französisch-Polynesien! Wenn Gauguins Models ihre unförmigen Urenkelinnen durch die verdreckten Straßen dieser größten der sogenannten Gesellschaftsinseln streunen sähen, sie hätten sich das mit dem Kinderkriegen noch mal überlegt. Der Aufenthalt hier ist zum Glück zu kurz, um richtig aus der Haut zu fahren. Er reicht, um festzustellen, dass alles da ist, was das verfettete Herz begehrt: McDonald's, Kentucky Fried Chicken, Burger King.

Auf geht's ins letzte wirkliche Paradies, in dem wir

die abschließenden zehn Tage unseres Trips verbringen werden, nach Bora Bora. Am Ende wird unsere Folge übrigens genauso heißen. Die Behauptung, das Traumschiff sei die ganze Zeit exakt hier rumgeschippert und eben nicht die südamerikanische Küste entlang, wird niemand anzweifeln.

Am Flughafen

Erschreckend, was sich alles Mensch nennen darf. So glaubte ich beispielsweise gerade meinen Augen nicht zu trauen, als ich diese nicht von einem Texaner, mindestens jedoch US-Amerikaner, abwenden konnte. Nicht nur, dass er auf dem besten Weg war, in den nächsten Jahren erfolgreich die Metamorphose zur Frau abgeschlossen zu haben, wo sich doch deutlich seine Brüste wie leere Schläuche unter dem ärmellosen XXXL-T-Shirt abzeichneten – fast hätte ich ihm den Tipp geben wollen, seine sekundären Geschlechtsmerkmale einfach wie Handtücher über seine Schultern zu werfen, damit er nicht so gebeugt gehen muss –, vielmehr noch erinnerte der Rest seiner wuchtigen Massen an die Landkarte einer besonders wasserreichen Region: So waren auf seinen kalkweißen, wie frisch epiliert wirkenden Beinen, die seine sandfarbene dreiviertellange Hose gespannt freigab, dermaßen üppige, in Grün und Blau hervorquellende Krampfadern zu erkennen, dass man denken konnte, Nil und Amazonas würden in ein und demselben Delta münden.

Als sei dies nicht Blickfang genug, war das neue Weltwunder auch noch ein höchstbegabter Schwitzer, ein Talent, das er vornehmlich im Bereich seines Gesäßes auslebte. Auf diesen beiden übermächtigen Bergen meinte ich nämlich links die Umrisse Frankreichs und rechts die des kompletten asiatischen Raums zu erkennen. Beide in Schweiß gemeißelt und von einer salzigweißen Linie umrandet. Diese Schwitzfigur schien hinten unten unfassbar behaart zu sein. Anders konnte ich mir die Seenplatte nicht erklären. Markant, wie sich gerade bei den Amerikanern mit ihrem Hang zu Phlegma und Junkfood übermäßiger Fleischkonsum mit entsprechend hohem Anteil an Östrogen auf Aussehen, Ausdünstung und Ausstrahlung auswirken kann. Als der haarige Hermaphrodit dann eine große Cola bestellte mit den Worten:

»Dös is oba wuichtig, eiskolt muss die sein, eiskolt wie a Hundeschnauze!«,

zündete ich die Kerze der Vergebung in meiner inneren Kirche an, um den kompletten Vereinigten Staaten Abbitte zu leisten, wegen meines reaktionären Vorurteilsvermögens.

Wie konnte ich nur so ein Narr sein.

Er war ein Deutscher. Wie ich.

Reflexartig fasste ich mir an Brust und Hintern, während ich mein Beinkleid lüftete, und freute mich einmal mehr, dass es auch auf dem Flughafen von Papeete *den* Deutschen nicht gibt.

Gemeinsam bestiegen wir dann eine windschiefe Propellermaschine, wohl aus den 50ern, mit ca. 30 Plätzen und viereckigen Fenstern mit Vorhängen, die uns in weniger als sechzig Minuten zu unserem Ziel bringen sollte. »Bestiegen« ist das richtige Wort, denn sie war so schräg, dass man zu seinem Sitz regelrecht klettern musste. Zudem sah sie nicht wirklich so aus, als könne sie fliegen, doch das hatte sie mit dem Piloten gemein. Getreu dem Motto »Wir haben nichts zu verbergen, Sie können uns bei der Arbeit zusehen«, stand die Tür, wenn man eine Art Gepäcknetz so nennen kann, zum Cockpit offen.

Ach, wäre sie doch geschlossen gewesen! Der schätzungsweise siebzigjährige Pilot trug einen verfilzten, grauen Ziegenbart mit hineingeflochtenen bunten Holzperlen, und das Weiß seiner Augen war rot – nicht auszudenken, wovon. Unter seinem quietschenden Sitz lag ein zerfleddertes Buch, dessen Titel ich erst nach mehrmaligem Hinschauen entziffern konnte. Nicht, weil er so unleserlich oder in einer mir fremden Sprache geschrieben gewesen wäre, nein, ich wollte ihn schlicht nicht glauben. Er lautete »Manual«, und darunter war die Zeichnung unseres Flugzeugs zu sehen. Das Ganze wurde beschwert von einem verrosteten Schraubenschlüssel, und keinerlei Verwunderung wäre bei mir aufgekommen, wenn der Erste Offizier gleich einen Joint hätte kreisen lassen.

Ich war nicht der einzige Passagier, der das so wahrgenommen hatte. Mehr eingeschüchtert denn amüsiert kauerten auch die anderen Kolleginnen und Kollegen krumm auf ihren als Sitzen getarnten Hockern und harrten blass um die Nase der Dinge, die da kamen. Vollkommen unbeeindruckt gab sich indes als Einziger ein Mann, den jeder, der ihn nicht längst errochen hatte, hören konnte, schaffte es seine Stimme doch mühelos, den an sich schon ohrenbetäubenden Lärm der Flugzeugmotoren zu übertönen:

»Wat machsse mit'nem Hund, der keene Beene hat? – Um die Häuser ßiehen ... Muahahahahahaha ... pfffffffffft!«

Dankbar wurde von fast allen jedes noch so kleine Witztröpfchen aufgesogen, ganz egal, wie oft Wolfjang das grad Gehörte bereits auf dem Schiff erzählt hatte.

»Treffen sisch ßwee Rosinen. Sacht die eene: ›Warum hasste denn 'nen Helm uff?‹

Sacht die andere: ›Ick jeh in'nen Stollen!‹ ... Muahahahahahaha ... pfffffffffft!«

Keine Pointe konnte zu harmlos, kein Gag zu bekannt sein. Das schien auch unser selbsternannter Fips Asmussen zu wissen, der die recht angespannte Atmosphäre in dieser Rostlaube längst mitbekommen hatte und gekonnt gegenhielt.

»Kommt 'n Frosch in 'en Lebensmittelladen. Fracht der Verkäufer: ›Wat hätten Sie jern?‹ Sacht der Frosch: ›Quark!‹ ... Muahahahahahaha ... pffffffffffft.«

So ging es weiter bis zur Landung. Die Zeit verging sozusagen wie im Fluge, und der war zum Glück unspektakulär. Keine Loopings, keine Sturzflüge. Atemberaubend indes der Blick auf das Atoll, das mit seinen erloschenen Vulkanen und seiner tiefgrünen Vegetation, seinen schneeweißen Stränden, die sanft abfielen in ein unsagbar blaugrünes, transparentes Wasser, jetzt schon die Bilderbuchlandschaft schlechthin für unsere noch zu drehenden Strand- und Schmachtszenen darstellte.

Und als wäre es von unserem österreichischen Traumregisseur selber inszeniert, wurden uns auf dem Flughafen von Bora Bora, der das kürzeste Rollfeld der Welt hat und ansonsten nur aus einem Cola-Automaten und einer kleinen Bambusholzhütte besteht, von drei atemberaubenden Bikini-Schönheiten zur Begrüßung selbstgebastelte Tiaréblütenketten um den Hals gehängt.

Manche Klischees glaubt man erst, wenn man sie erlebt, und dieses war eines der schöneren, auch wenn ich hätte schwören können, dass es nicht die Blüten waren, die ihren Duft verströmten, sondern ein nachträglich aufgebrachtes Parfüm, das nur entfernt floral roch. Der Anstand gebot es, diese zunehmend eher anstrengenden, olfaktorischen Irrtümer hängen zu lassen und so stiegen wir wie Außendienstmitarbeiter von Douglas in Wassertaxis, die uns zu unserem Resort brachten.

Wow. Takkatukkaland.

Welch ein überragender Anblick, welch ein Idyll, was für eine unglaubliche Welt offenbarte sich uns bereits nach wenigen Minuten Fahrt! Von einer im Zenit stehenden Sonne beschienen, waren allein schon die Farben des Ozeans ein ungeheures Spektakel. Niemals zuvor hatte ich so viele verschiedene Grün- und Blautöne gesehen. Das Wasser schien Trinkwasserqualität zu besitzen, auf jeden Fall aber sprach es eine ständige Einladung aus, einfach hineinzuspringen.

Kurios und geradezu abseitig wirkte es indes auf mich, dass es in unserer Lagune keinen einzigen Fisch, Rochen oder sonst was Lebendiges zu sehen gab. Zudem waren in einem mehrere fußballfelder-großen Bereich für den Amerikaner und den Japaner an sich alle Korallen entfernt worden. Maritimer Genozid. Traurig, traurig, aber erst jetzt trauen sich die beiden Großmächte mit dem kleinen Zeh ins Wasser. Ein riesengroßes, malerisches Freibad ist sie geworden, diese Lagune, aber auch genauso tot und vorhersehbar. Paradiese scheinen immer nur auf dem Rücken anderer entstehen zu können.

Wie zum Trotz habe ich mir jedoch fest vorgenommen, die letzten zehn Tage zu genießen, zumal ich nur noch einen Drehtag habe und der im letzten Drittel unserer Zeit hier anberaumt ist. Da das Resort über eine weltberühmte Schönheitsfarm verfügt, werde ich mir noch heute einen Termin besorgen und mich, Lichtjahre vom heimatlichen Schmuddelwinter entfernt, zum ersten Mal in meinem Leben von der Großmutter aller Wellness-Philosophien verwöhnen lassen: Ayurveda!

20

Bora Bora, Mittwoch, 20. Januar
Wie … Penis?

Bereits am nächsten Nachmittag steht der erste Termin mit dem Ayurveda-Arzt, »La Consultation«, auf meiner persönlichen Disposition. Diese findet in einem stickigen, angedunkelten Raum statt. Der Arzt ist Quoteninder, spricht aber mit deutlichem Schweizer Akzent, was der eh schon besonderen Situation eine äußerst skurrile Atmosphäre verleiht.

Abgesehen davon finde ich das zur Diagnose dienende Gespräch ziemlich saft-, kraft- und humorlos, aber für mich sind diese Handvoll Ayurveda-Kurtage ja keine lebenswichtige Heilbehandlung, sondern eher eine Mischung aus ultimativem Verschönerungskick und naturheilkundlichem Selbstexperiment – Letzteres vor allem auch in Sachen Toleranz, denn als Erstes entdeckte ich kurz vorher eine ältere Frau mit wilden, aschgrauen Haaren, die eine silberne Kette über den Karotten auf ihrem Teller baumeln ließ, eine Kette, an deren Ende ein obeliskförmiger Edelstein hing, dessen Spitze kreisend ihr Essen überflog.

Entweder versuchte diese Dame ihre Möhrchen zu hypnotisieren oder, genau, das wird es sein, sie pendelte sie aus. Ich traute nicht nur meinen Augen nicht, sondern mich auch nicht, sie anzusprechen. Sie wirkte nur physisch existent. Bestimmt würde sie mich, da ihr Geist längst in anderen Universen unterwegs war, für einen Außerirdischen halten, der sie entführen und befruchten will.

Auch alle anderen Gäste schienen einen reichlich esoterischen Touch zu haben, was sich nicht nur an ihrer aus wallenden Gewändern und durchsichtigen Tüchern bestehenden Bekleidung bemerkbar machte. Wenn sie nicht über ihre vielfältigen Beschwerden redeten und mir mit ihren unüberhörbaren Detailschilderungen über eingewachsene Nägel, das Absondern weißlich gelber Flüssigkeiten und den perfekten Einlauf mit handwarmem Rooibuschtee den Appetit verdarben, tauschten sie sich über irgendwelche Erfahrungen aus früheren Leben aus. Na, das kann ja was werden.

Ich flüchtete vor den geballten Wiedergängern ihrer Selbst an den Pool und legte mich – natürlich entgegen den Vorschriften des Arztes und meiner Maskenbildnerin – in die Sonne. Schatten kann ja jeder. Am Abend gab es die zugeteilten Medizinrationen. Obwohl ich ja eigentlich nichts habe, hilft irgendwas bestimmt gegen irgendwas. Mein Irgendwas besteht aus urinfarbenen Tropfen, einem stinkenden Pulver und daumengroßen, aber immerhin geschmacksneutralen Kapseln. Keine Ahnung, wofür oder wogegen das Zeug gut ist, aber ich schlucke es mit schäfischem Gehorsam getreu der ärztlichen Verordnung. In Anbetracht des Geschmacks der

Mittelchen ertappe ich mich dabei, in einer spontanen Stegreifrede laut die Vorzüge der Schulmedizin zu preisen.

Um den ekligen Nachgeschmack des Pulvers, das noch dazu einen unangenehm pelzigen Zahn- und Zungenbelag verursacht, wegzuspülen, muss ich dringend auf ein Bier in die Hausbar. Da Alkohol während der Kur natürlich strikt untersagt sein sollte, beruhige ich mein schlechtes Gewissen erstens damit, dass meine Behandlungen ja eigentlich erst am nächsten Tag so richtig beginnen, und lasse mir zweitens von einem etwas zu unterwürfigen Bediensteten ein weiteres Bier bringen, das auf den Markennamen »Taboo« hört.

Und dann ist es so weit – die erste Behandlung, für meine Begriffe etwas hochtrabend »La Thérapie« genannt, steht an! Man schlüpft dazu in einen leichten Bademantel und begibt sich zur »Cottage de Thérapie«. Hier wird man schon von den Masseurinnen erwartet, die einen ohne großes Brimborium – und damit meine ich: wortlos – in einen fensterlosen, leicht muffigen Raum führen. Hier tauscht man den Bademantel gegen einen dreieckigen Lendenschurz. Sehr weit, auch nach dem komplizierten Zubinden. Einfach sexy, diese Einheitsgrößen. So einen Lappen trug ich zuletzt bei meiner Mandeloperation in den Siebzigern. Schön, dass sich diese Mode als zeitlos erwiesen hat und es von einem Jahrzehnt ins nächste schafft – weltweit.

In dem Raum steht ein großer Holztisch, der, wäre er aus Stein, auch ein Seziertisch sein könnte, denn er hat Abflussrinnen an allen vier Seiten. Schluckend setze ich mich darauf. Dann werden mir mit einem feuchten Tuch die Fußsohlen abgerieben.

Mittlerweile haben sich die Augen an das Halbdunkel gewöhnt und ich erkenne weitere Details: Auf einem Kocher in der Ecke blubbert ein dunkelbraunes Öl vor sich hin, das einen äußerst merkwürdigen Geruch ausströmt. Ein Geruch, den ich später für alle Zeiten mit Ayurveda in Verbindung bringen werde. Und auch sonst kommt man sich ein bisschen vor wie in einer Hexenküche, in der viel frittiert wird. Ich zweifle ein wenig an meinem Geisteszustand, denn immerhin werde ich mich trotz 33°C Außentemperatur gleich mit heißem Öl einreiben lassen. Bevor ich mir noch mehr Gedanken machen kann, packt mich das Massageteam und legt mich auf den Tisch.

Das Team besteht aus zwei Personen, die nur das Nötigste an Englisch sprechen, sich aber sowieso nicht unterhalten, sondern mich dafür umso emsiger in synchroner Harmonie einzuölen und zu massieren beginnen. Keine Muskelpartie wird ausgelassen, selbst Hände, Füße, Hals und Gesicht werden bearbeitet. Wer allerdings – wie ich – auf das Kommando »Turn to your left« zu schwungvoll reagiert, landet – ebenfalls wie ich – auf dem Fußboden. Mist, hatte irgendwie die Gleitwirkung des Öls unterschätzt. Peinlich.

Als sich der Aufruhr gelegt hat und ich mich wieder aufgelesen habe, kann ich mich auf die Massage konzentrieren und finde sie ganz angenehm. Das ist eben der Unterschied zwischen sanften polynesischen Fingern und brutalen deutschen Pranken. Eher unangenehm ist allerdings, was auf die Massage folgt: man sperrt mich in einen Schwitzkasten, aus dem gerade mal der Kopf herausschaut, während Leib und Schenkel mit heißem Dampf gegrillt werden. »Heute bleibt die Küche kalt, wir gehen in den Wienerwald« – kein Wunder, dass mir ausgerechnet in diesem Moment dieser blöde Slogan in den Sinn fährt.

Geradezu widerlich heiß ist das, aber auch schön, denn der Schweiß schießt sturzbachähnlich aus allen Poren, sogar an Stellen, von denen ich gar nicht wusste, dass ich dort Stellen habe, und ich erlebe unwillkürlich ein Gefühl von intensiver, innerer Reinigung. Ich will nur nicht hoffen, dass ich mich nach diesem Bratvorgang auf einem Teller neben ein paar fettigen Fritten wiederfinde. Und so, oder doch zumindest so ähnlich, werde ich jetzt die nächsten knapp 3 Tage verbringen.

Die Aussicht auf verschiedene Behandlungsarten macht Mut. Wer weiß, welche erhebenden Momente ich hier noch erleben darf. Ein wohl eher erbebender als erhebender Moment ereignet sich bereits am nächsten Tag. Vielleicht liegt es an der ansonsten gesunden indischen Ernährung mit vielen Hülsenfrüchten, die zu verkosten ich mich habe breitschlagen lassen. Während der üblicherweise lautlos ablaufenden Massage schrecke ich nämlich hoch, weil zuerst die eine der beiden Masseurinnen ungeniert rülpst und die zweite als Zugabe noch unüberhörbar einen kleinen frechen Wind durch den Raum knattert.

Zum Glück liegt ein Handtuch über meinem Kopf. Zum einen können die ungenierten Damen so mein wegen Lachunterdrückung hochrot anlaufendes Gesicht nicht sehen und zum anderen wirkt das fein gewobene Leinen wie ein Luftfilter. Und auch die »kosmetische Gesichtsbehandlung für den Mann«, zu der ich danach gebeten werde, löst Großes in mir aus. Ich bekomme einen gigantischen Eiterpickel an einer Stelle, an der ich noch nie einen hatte.

Dann steht das Seka-Ölbad an. Grundsätzlich läuft die Massage ab wie sonst auch, nur wird im Mittelteil nicht massiert, sondern Schwämme mit heißem Öl werden über einem ausgewrungen. Mmmh, irgendwie erotisch, wenn das Öl in der Leistengegend auf den Körper tropft ... zum Glück sind die Masseurinnen nicht halb so erotisch. Wenn ich die Augen also offen lasse, muss ich mich nicht zwingen, an »Finanzamt«, »Brot« oder »Roland Koch« zu denken, um zu verhindern, dass sich das Handtuch untenrum wie von Geisterhand in Schrittgeschwindigkeit hebt. Am Ende der Prozedur kommen die praktischen Schaber aus Kokosblättern zum Einsatz; mit ihnen wird das überschüssige Fett regelrecht vom Körper abgezogen – das ist so ein bisschen wie Fensterputzen – mit mir als Fenster. Für alle übrigens, die, wie ich, zu leicht fettendem Haar tendieren, mutet das jeder Ölbehandlung folgende Haarewaschen wie reine Schikane an. Ich finde mich im Stillen bereits damit ab, dass ich niemals frisches, duftiges, seidiges, goldschimmerndes Haar haben werde, sondern nur noch farblich undefinierbare, übelriechende Ölsträhnen. Und dazu werde ich stinken wie der hexenhafte Blubberkessel. Prost Mahlzeit!

Abwechslung in der Therapie: Navara, die Reismassage. Das ist ein ganz neues, stranges, aber auch angenehmes Gefühl. Dicke, heiße Reisklumpen werden von den Masseurinnen in meinen Körper einmassiert, bis eine weiße, körnige Paste übrig bleibt. Danach werden wieder Fenster geputzt und anschließend gibt es das letzte Mal was Fettiges – die letzte Ölung sozusagen. Nicht schlecht!

Für einen Moment stockt mir allerdings der Atem, als sich mitten in diesem glitschigen Abschlussritual die eine der massierenden polynesischen Damen mit einer Frage an mich wendet. Abgesehen davon, dass ich dachte, sie sei stumm, und ich nun schon diese Spontanheilung verkraften muss, lautet das englische Wort, das sie mit Fragezeichen versehen spricht: »Peeeenis?«

Oha! Hier möchte sich anscheinend jemand ein Trinkgeld dazuverdienen. Pfeilschnell gurgel ich ihr ein »Oh, no, that's very nice, but, no, thank you, nohooooo!« entgegen, das sie kopfschüttelnd, tatsächlich, kopfschüttelnd, zur Kenntnis nimmt, um fortzufahren mit der jugendfreien Handarbeit.

Keine zehn Minuten später stellt sie dieselbe Frage. Diesmal durchaus engagierter: »Peeeeeeeeniiiis, Sir?« und mir entfährt eine noch entschiedenere Danksagung mit Ablehnung, was sie wiederum ungläubig, ja, fast widerwillig quittiert. Hier ist aber jemand abenteuerlustig.

Wow. Ayurveda.

Weitere gefühlte fünfzehn Minuten später fragt sie natürlich ein drittes Mal, und diesmal verstehe ich sie anscheinend das erste Mal richtig. Öl in meinen Gehörgängen dürfte bislang schuld an dem Missverständnis gewesen sein. Sie fragt nämlich: »Fiiiiniish?!?«, was ich errötend und rasch benicke.

Ich meine, auch über ihr Gesicht eine gewisse Erleichterung huschen zu sehen und verlasse zumindest leicht amüsiert diese vermeintliche Höhle des Lasters, um morgen zum letzten Mal zu kommen, nämlich zur Shirodhara-Behandlung, das berühmte Öltropfen auf die Stirn, von dem alle Welt schwärmt, es sei so wunderbar entspannend.

Angeblich regt die Tropferei in der Folge Gehirn und Nerven an. Mich regt die Tropferei allenfalls auf, und zwar schon nach fünf Minuten. Von Entspannung keine Spur. Ich könnte die gesamte Bude auseinandernehmen. Die chinesische Wasserfolter muss die kleine Schwester dieser Prozedur sein, außerdem habe ich das ständige Bedürfnis, einen Klempner anzurufen. Das unüberhörbare Tropfen löst diesen Mechanismus einfach bei mir aus. Vielleicht haben die Mädels was falsch gemacht?!

Und am Nachmittag zur Krönung auch noch Akshitarpan, die Augenbehandlung! Das muss ganz gruselig sein, und ich gehe nur mit größter Überwindung zu meinem Termin in die »Cottage«.

Es gibt kein Beschönigen: Es wird für mich zur Hölle! Zuerst wird mir ein Ring aus Weizenteig um die Augen gelegt und dann Ghee – geklärte Butter, bei der alles, nur nicht die Frage des Geruchs geklärt wurde: sie stinkt wie ein Iltisstall – in die Augen geschüttet. Nicht etwa geträufelt, o nein, geschüttet! Dabei soll man auch noch mit den Augen rollen, damit sich das Zeug richtig schön in den Höhlen verteilt. Augen rollen – das krieg ich hin. Diese Masse brennt wie Hölle und raubt mir auch das letzte bisschen Sehkraft, das ich als Brillenträger noch habe. Am liebsten würde ich es diesen Sadisten heimzahlen – wenn ich sie nur sehen könnte! Riechen ist auch keine Lösung, denn die Damen würden einfach nur ein weiteres Luftplätzchen backen und meine Verwirrung wäre perfekt. Meine Augen, vom Fett tief in den Schädel zurückgedrängt, beobachten ganz verschwommen aus dem Innern, was sich außerhalb abspielt. Das ist alles wie ein billig gemachter Splatterfilm. Doch wie durch ein Wunder wird mein Blick wieder klar, als mir die Hannibal-Lector-Maske aus Weizenteig abgenommen und das Fett aus den Augenwinkeln getupft wird. Nur brennen tut es danach immer noch, als wäre ich Opfer einer aztekischen Chili-Folter geworden.

Ich bin erbost und empört, nicht zuletzt, weil hier zu allem Überfluss einem Wohlstandseuropäer nährwerthaltige Lebensmittel in die Augen gedrückt werden, mit denen man so viele Menschen hätte satt machen können! Schließlich wurden auf meinem Körper auch schon zwei Kilo Reis zermatscht. Außerdem habe ich berechtigte Angst, nie wieder richtig sehen zu können, und zynischerweise rät man mir – und das bei dem hiesigen Klima! – für die nächsten paar Stunden Sonne und Wind zu meiden. Brülla.

21

Boring Boring, Mittwoch, 27. Januar, 7.34 Uhr

In Deutschland ist's grad Nacht, während ich das müde Haupt aus den Kissen hieve, um gleich mal frühstücken zu gehen.

Es ist vollbracht: hatte gestern meinen letzten Drehtag, und das kann nicht jeder von sich behaupten. Das Wetter hier schlägt so unglaubliche Kapriolen, dass wir meistenteils nicht arbeiten konnten: Stürme, Regen und Ähnliches mehr machten uns immer wieder den Garaus.

Nun greift Plan B, und einige meiner schauspielenden Kollegen werden irgendwann in den nächsten Monaten noch mal auf den Bermudas oder Malediven antanzen müssen – die Armen! –, wo dann Bora Bora behauptet wird und man deren Geschichtchen zu Ende erzählt.

Mein Vorschlag, den Rest in einem Wilmersdorfer Solarium vor einer Fototapete zu drehen, wurde verworfen, »weil da die Tiefe fehlt«. Andere behaupten, dies wäre eine Location, die endlich mal zu den Dialogen passt.

Meine Spielpartnerin und ich hatten einfach Glück und konnten unser Zeugs in den wenigen Breaks des tropischen Regens zu einem in keiner Weise fernsehpreisverdächtigen Ende bringen.

Sei's drum! Keiner arbeitet für das *Traumschiff*, weil er sich auch endlich mal den Ifflandring überstreifen will, sondern wegen – keine Ahnung – anderer Gründe.

»Gala« oder »Grimme« – diese Frage ist hier schnell beantwortet.

Seit der kompletten Nacht schon knarzt es gar bedenklich im Gebälk meines Stelzenbungalows, denn ein zyklonartiger Sturm fegt über die Inselgruppe. Fast hat man das Gefühl, er wolle sie neu sortieren. Mit ein wenig Glück stellt sich der Zyklon als Zyklop heraus und wenn der dann noch auf einem Auge blind ist, kommen wir mit einem blauen davon.

Allerdings liegen bereits Zettel der Hoteldirektion auf unseren Betten, man habe alles im Griff und müsse sich etwaige Evakuierungspläne vorbehalten – allein, mir fehlt der Glaube.

Hätte es noch bis vor zwei Tagen sein können – mittlerweile bin ich nach einer Woche gesundet –, dass mich die eigene Unpässlichkeit in Form von starken *Flatu*lenzen wie ein Turbo bis nach, zum Beispiel, Kalkutta hätte wehen können, lässt mich aktuell das Gefühl nicht los, dass es jetzt meteorologisch bedingte *Turbu*lenzen sind, die dasselbe Ziel haben, so sehr geht hier die Post ab.

Bedeutet für mich konkret: Meine Rückankunft verschiebt sich auf den 9.

Erhalte in dieser Sekunde einen Anruf der Aufnahmeleitung. Alle mögen sich um 11 Uhr in Bungalow 503 einfinden. Die Resortleitung will uns erste Verhaltensmaßregeln an die Hand geben. Bestimmt wird so mancher Kollege bereits jetzt mit seinem Handtuch den einen oder anderen unterirdischen Schutzbunker für sich reservieren wollen. Klimawandel von seiner schönsten Seite!

Nun gut, dann werde ich jetzt mal duschen gehen, solange mein Bad noch steht, und dann mit dem Schlachtruf »Ich krieg dich, weißer Wal!« den äußeren Unbilden zu trotzen versuchen.

Hi Logbuch, bin wieder zurück.

Wohlbehalten.

Erholt sah keiner aus unserem Team aus. Wenn der weiße Teint wieder Trend werden sollte, dann hat das Barock eben seine Wiedergeburt erlebt. Bei denjenigen, bei denen sich hartnäckig die Bräune der letzten Wochen hält, spielte die Farbgebung ins Grünliche. Alle anderen waren mit Perlen gesegnet, wenn auch weniger mit den berühmten schwarzen des hiesigen Meeres, sondern denen des Schweißes. Die dann aber überall: auf Stirn, oberhalb der Oberlippe, als Film auf den Handtellern oder handtellergroß im Achselbereich oder auf dem Rücken.

War es bislang die tropische Schwüle, die einen transpirieren ließ, mischt sich mittlerweile der kalte Schweiß der Angst darunter. Allein der süßsaure Duft ist identisch, ein Duft, den man aus einem Gurkenglas kennt, das man vergessen hat, vor dem Zum-Glascontainer-Bringen nochmals auszuspülen. Recht gurkig war auch die komplette Atmosphäre der Krisensitzung, die man nicht wirklich als »Alles-ist-gut-und-wir-haben-alles-im-Griff«-Party zu kaschieren vermochte. Man versuchte, den Eindruck zu erwecken, als wolle man gleich noch Sekt reichen, nur dürfte auch der langsam knapp werden, denn nicht nur die Flughäfen, auch der Wasserweg zur Hauptinsel ist mittlerweile gesperrt und damit die einzige Versorgungsmöglichkeit.

Da aufgrund steigender Windgeschwindigkeiten davon ausgegangen werden muss, dass die Restaurants am Abend geschlossen bleiben – nicht auszudenken, wenn vermeintlich tote Lobster das Fliegen lernen oder die ewige Hauptdarstellerin Heide Keller durch umherfliegende Saté-Spieße zur erdnussgetränkten Märtyrerin würde –, freuten sich alle gleichzeitig auf einen gemütlichen Fernsehtag mit Aircondition und Roomservice, bis allen selbst noch das Weiß im Gesicht entwich, als es hieß, die Anfahrt zu den Bungalows mit den Cable Cars sei schlechterdings unmöglich, da selbige den Winden eine viel zu große Angriffsfläche böten.

Aa ja, dann wird es eben ein gemütlicher Fernsehtag mit Aircondition.

Wenn nur nicht schon von den ersten Ausfällen der Satellitenschüsseln berichtet worden wäre.

Gut, dann wird's eben ein gemütlicher Airconditiontag.

Natürlich wurden wir – klar, reine Vorsichtsmaßnahme! – gebeten, zusätzlich zu den Fenstern auch noch die hölzernen Lamellenrollos zu schließen, sobald wir die Liegestuhlauflagen, Aschenbecher und Terrassenhocker ins Innere verfrachtet haben: Das muss ein Bild zumindest für die Halbgötter sein, wie sechzig Fernsehheinis bis hin zu Wolfjang Rademann persönlich mit Aschenbecher in der verkrampften Hand in einem vollends abgedunkelten Bungalow auf einem Turm aus Liegestuhlmatratzen sitzen, komplett ausgehungert, mit der einzigen Hoffnung, dass zumindest die Klimaanlage nicht ihren Dienst versagt. Wenn unsere Generation sich überhaupt eine klitzekleine Vorstellung von der Stunde Null in Nachkriegsdeutschland machen kann, dann nimmt sie hier, Tausende von Kilometern südlich, immer noch komfortable Gestalt an.

Höre Fragen wie: »Wenn du mir den halben Zwieback gibst, kriegst du von mir die Limette!«

Ertappe mich dabei, dass ich darüber nachdenke, wie lange ich wohl auf meiner Spielkollegin rumkauen würde. Von Kannibalismus wurde schon aus weniger extremen menschlichen Situationen berichtet.

Wünsche mir meinen letztwöchigen Infekt zurück: absolut appetitlos war ich da.

Entdecke beim Blättern im Reiseführer die wörtliche Übersetzung von Bora Bora: »Insel unter dem Wind.« Beschließe für den Fall meines Überlebens, Wetter und Fremdsprachen künftig mit Humor zu nehmen.

Blick aus dem beschlagenen Fenster: kindskopfgroße Kokosnüsse schwimmen an mir vorbei. Oha! Das himmlische Kind scheint bereits erste Enthauptungen vorgenommen zu haben.

Merkwürdig, einfach so fängt einer der goldenen Wasserhähne in meinem Bad an zu tropfen, und die milchglasige Tür der Dusche vibriert. Reflex- und ruckartig bricht sich der leicht hysterische Gedanke Bahn, ich hätte einen zu waschenden Schlüpfer im Waschbecken vergessen, und Jack Bauer wolle ihn jetzt persönlich durchwalken. Ein kurzer Blick ums Eck verrät mir indes, dass dem nicht so ist. Zwar wünschte ich mir grad jetzt die Präsenz eines Weltenretters, aber gegen die Gewalt, die von Natur ausgeht, kann selbst ein Actionheld nichts ausrichten. Unter der Eingangstür ist verdorrtes Gras reingeweht worden. Dieses Szenario wirkt zunehmend bizarrer, fast so, als drehe Roland Emmerich ein Remake von *Der Exorzist* und David Lynch ist der Regieassistent.

Auf einmal geht alles ganz schnell. Von wegen *Stunde Null.* Ab jetzt beginnt das Flächenbombardement der Alliierten. In diesem Augenblick ergeht nämlich ein telefonischer Rundruf an alle Resortinhaftierten, der Notplan greife, und ausnahmslos alle mögen sich innerhalb der nächsten Minuten mit einer 24-Stunden-Tasche (Jack?), man nennt sie wohl Sturmgepäck, im Restaurant einfinden, um dort ein »Lunch« einzunehmen, was mit Sicherheit umgangssprachliches Polynesisch für »Henkersmahlzeit« ist.

Ausdrücklich wird man ersucht, den Koffer komplett zu packen und in die Mitte des Wohnraums zu stellen, auf dass er im Falle eines Falles sofort von Bediensteten des Hauses gegriffen werden kann, bevor der

Pazifik ihn schnappt. Na ja, Hauptsache, sie schicken keinen von Iberia.

Mein mit einer 4+ abgeschlossenes großes Latinum lässt ungebeten Überreste von Latein ans Ufer meines Großhirns schwappen: pacificus, zu Deutsch »friedlich«. Lach mich tot.

Natürlich tue ich, wie mir befohlen.

Der Deutsche braucht, gerade in solch harten Stunden, die klare Ansage, ja, den Befehl, denn dann funktioniert er und kommt seiner wahren Natur, ewig weisungsgebunden zu sein, am nächsten. Er ist der geborene Lohnsteuerzahler, und im Moment würde ich alles dafür geben, könnte ich im hässlichen, kalten und schneematschigen Köln in meinem unbeheizten Arbeitszimmer sitzen und meine Steuererklärung machen. Wie süß erscheinen mir plötzlich die hängenden Gärten der Werbungskosten, wie köstlich dünkt mich der Nektar meiner auszurechnenden Steuern auf Kapitaleinkünfte, wie über alle Maßen friedlich wirkt die bloße Vorstellung der Anlage N.

Ist das schon eine Nahtod-Erfahrung?

Eine plötzlich vor mir hinter einer Scheibe auftauchende Fratze lässt mir das Blut gefrieren, so erschrocken bin ich von ihrer Fremdheit, bis ich feststelle, dass ich in den Spiegel gucke. Diese Situation scheint sich auch in mein Gesicht gefräst zu haben. Komisch, ich komme mir eigentlich ganz stabil vor. Hoffentlich reicht der Zucker in meinem Blut bis zum Restaurant. An normalen Tagen brauche ich für die Strecke zehn Minuten.

Was, wenn ich es nicht mal mehr auf die Insel schaffe und eine perfekte Welle mich vom Steg greift?

Was, wenn man mich gar nicht vermisst beim Essen?

Was, wenn alle fast froh sind, mich endlich los zu sein? Wieder ein Limettenlutscher weniger!

Positiv denken, positiv denken, jetzt bloß nicht schlappmachen, eins nach dem anderen, erst mal die 24-Stunden-Tasche. Aber was muss da rein? So oft habe ich »Ich packe meinen Koffer« gespielt. Hätte ich mich nur ein einziges Mal dabei konzentriert. Gut, das erste Wort ist immer und weltweit »Zahnbürste«, die sollte nun wirklich mit.

Was ist mit Eau de Toilette, Zahnseide, Kondomen?

Was braucht man wirklich? Mit wie wenig kommt man aus?

Gott, jetzt bloß nicht philosophisch werden. Vielleicht sollte ich eher meine 48-Stunden-Tasche packen. Oder doch den ganzen Koffer mitnehmen?

Quatsch, wenn das alle machen.

Aber wenn alle denken »Wenn das alle machen« und es deswegen nicht machen, dann kann ich es doch machen.

Schnauze! Konzentration!

Schlüpfer, Mac, T-Shirt – eigentlich ganz einfach, und jetzt raus hier.

In dem Moment, als ich die Tür aufziehe, wirbelt mich eine derart starke Bö an, dass mir für einen Moment die Luft wegbleibt. Da kann ich ja gleich schwimmen.

Mist. Eben am Telefon hieß es, man möge auf jeden

Fall an seinen Reisepass denken. Der grüne Brei der Unsicherheit steigt meine Kehle hoch.

Wir werden alle sterben!

Toll, jetzt hab ich auch noch Sodbrennen. Mit diesem Brennstoff im immer dicker werdenden Hals wage ich den finalen Rettungssprung. Ich muss es schaffen! Wie menschenleer alles ist. Nur ich, meine Tasche und der Geschmack nach Galle.

Wow. Bora Bora.

Vielleicht war längst der Helikopter des französisch-polynesischen Technischen Hilfswerks da und hat alle in Sicherheit gebracht. Also fast alle. Und ich mach jetzt hier auf Luxus-Robinson-Crusoe.

Als sei ich schwer angetrunken, eiere ich in Serpentinen über den zittrigen Steg und vollführe den einen oder anderen unfreiwilligen Hüpfer, da mir die Hände des Orkans stoßweise an den Hintern greifen. Na toll, der Zyklon ist 'ne Schwuchtel. In der Ferne mache ich, soweit die Gischt der gepeitschten See die Sicht freigibt, eine Armada gebeutelter Palmen aus, denen die eigenen Kokosnüsse um die Ohren fliegen und die in der schwül-gelblichen Luft aussehen, als würden alle 35 Cheerleader von Frankfurt Galaxy gleichzeitig in die Steckdose fassen: Sie winken und zucken, verbiegen sich und scheinen zu straucheln. Auf einmal löst sich etwas Weißes aus der gepeinigten Gruppe, es sieht, Tatsache!, nach einem elektrischen Auto aus.

Sie kommen.

Sie kommen, um mir zu helfen, mich zu stützen, mich zu retten.

Ich beschleunige, eile ihnen geradezu, soweit mir das möglich ist, entgegen in gelöster Erwartung des freundlich gelächelten »Iorana«, das hiesige »Hallihallo«, als der Wagen, ohne auch nur mit der Wimper zu zucken, an mir vorbeibraust, und als sei das nicht schon schlimm genug, grüßt mich nicht nur keiner der Resort-Bediensteten, sondern beide gucken auch noch angestrengt nach unten, als müssten sie in dem Moment eines Blickkontaktes zur Salzsäule erstarren. Sie hätte ja zumindest »Hallo, Medusa!« rufen können.

Also das gibt mir jetzt aber wirklich zu denken. So wie ich im Flieger bei besonders widrigen Flugbedingungen nach den Stewardessen Ausschau halte, wie die so drauf sind, um mich dann unmittelbar deren Gemütsverfassung anzupassen, mache ich dasselbe auch routinemäßig in 5-Sterne-Hotels in unwettergefährdeten Regionen; und wenn ich mich der gerade beobachteten Verfassung der vorbeifahrenden Hotelangestellten anpassen würde, müsste ich mich auf der Stelle einnässen.

Aber ich habe meine Tasche gepackt, dann packe ich das hier auch noch. Vor gerade mal vier Wochen in Madrid dachte ich noch, wenn ich meinen Flieger erwische, ist die Katastrophe nicht mehr aufzuhalten, heute denke ich, wenn irgendwer diese Katastrophe hier mal kurz aufhalten könnte, würde ich gern den nächsten Flieger nehmen. Nach Hause.

Während sich blitzartig fetzenhafte Ausschnitte aus dem Tornado-Schocker *Twister* meines inneren Auges bemächtigen und ich Angst habe, mich umzudrehen, um mir den Anblick sich mir entgegenblätternder Stegpaneelen, die wie Feuerwerkskörper gen Himmel schießen, zu ersparen, kommt mir ein anderer Schocker in den Sinn, nur dass der sich meines inneren Ohrs bemächtigt, und im selben Moment muss ich mit anhören, wie ich zwei Zeilen des Tony-Marshall-Knallas »Bora Bora Hey« singe: »... Mein Paradies im Sommerwind / wo alle Menschen glücklich sind ... Bora Bora Hey ...«, und, ich höre und staune, er verfehlt seine Wirkung nicht: Wie in der bekannten Energy-Drink-Werbung kriege ich prompt Flügel, und der körperliche Ekel vor dem Selbstgesummten bringt mich am Ende in deutlich weniger als zehn Minuten ans Ziel.

Ha! Neuer Rekord!

Dass das Wasser der Lagune inzwischen in so bedrohliche Höhen gestiegen war, dass die Wellen nach so mancher Brücke, über die ich flog, gleichsam schon griffen, war mir, Gott sei Dank, entgangen.

Vollkommen durchnässt, von Regen und Schweiß zu gleichen Teilen, setze ich mich an einen der wenigen leeren Tische, und absolut niemand nimmt Notiz von mir.

Da ich das bisschen, was ich jetzt eh nur essen könnte, auch trinken kann, bestelle ich lediglich eine Flasche des preiswertesten Weißweins für umgerechnet € 95,– und zwei Gläser, vielleicht will der Sensemann ja auch ein Schlückchen.

Dann die gute Nachricht: Ich bekomme ein Upgrade. Kann von dem Waterbungalow in die viel luxuriösere Beachvilla umziehen, aber nicht etwa, weil ich

»Sssssstromberge« bin, sondern weil die Gefahr, dort zu sterben, geringer ist und das a) nicht nur die Versicherung der Hotelanlage freut, sondern b) auch die vorgelagerte Hauptinsel des Atolls, weil sie dort drüben ihre Särge heute alle noch selber brauchen werden.

Dann die schlechte Nachricht: das Upgrade kriegen alle. Zehn Minuten später teile ich mir mit rund fünfundzwanzig Kolleginnen und Kollegen eine am Ende doch recht überschaubare Villa. Ab jetzt beginnt also das Fünf-Sterne-Leben im Container.

Zum Glück habe ich wenigstens meinen Wein allein exen können. Der Schnitter hat anscheinend die letzte Fähre verpasst.

22

Weißnichtwoundwiespät

Mein liebes Logbuch!

Eines habe ich ja schon immer gewusst, aber das hat sich in mehrfacher Potenz letzte Nacht bewahrheitet: dieses Filmvolk ist ein ganz spezielles.

War das ein Geschnatter und Gezeter und Gemeuter bis sich alle auf den richtigen Unterlagen, neben den richtigen Kollegen, in der richtigen Position befanden. Allein die politisch korrekte Reihenfolge hinzubekommen, wer als Erster ins Bad *durfte* und wer als Letzter *musste!* Eigentlich wähnen wir uns vor Gott doch alle gleich, aber vorm Pott sind wir es dann auf einmal nicht mehr; der eine oder andere ist dann gleicher und lässt das auch raushängen. Beleuchter, Maskenbildnerinnen, Techniker, Producer, Schauspieler – da befindet sich mal eben die komplette gesellschaftliche Schere auf ein und derselben Matratze. Ein repräsentativer psychosozialer Querschnitt durch alle Schichten und ein El Dorado für jeden Verhaltensforscher.

Ich lag im Mittelfeld.

Dazu floss der Alkohol in Form von Bier, Wein und härteren Sachen in Strömen, alle machten weidlich Gebrauch davon, es kostete ja nichts. Die Hoteldirektion gab sich die Ehre einzuladen. Nur ein ruhiggestellter Gast ist auch ein guter Gast.

Draußen tobte, rüttelte und klopfte es in einem fort, und man hatte fast den Eindruck, als bäte Susanne, Bettina oder Gisela, oder wie-auch-immer dieses Sturmtief hieß, um Einlass, um ein Schlückchen abzubekommen. Da hatte es die Rechnung aber ohne den Wirt gemacht. In seltener Eintracht behielten wir alles für und im Laufe der Nacht das meiste auch bei uns.

Ich selbst schlief eher unrund; dafür aber umso runder, eine halbe Armlänge von mir entfernt, schön in hellblauem Frottee, ohne Block, aber mit Zähnen, unser aller Wolfjang. Wie ein Baby hatte er sich bäuchlings in den Schaumstoff gedrückt und war mit einem seligen Lächeln als einer der Ersten eingeschlummert, um nun mit bestimmt 70 Dezibel und der Säge des Grauens ganze Wälder niederzumetzeln.

Aus den anderen Ecken unserer landschulheimeligen Herberge drangen auch die einen oder anderen Geräusche, nur dass die sich in der Dunkelheit weder eindeutig zuordnen ließen noch man genau sagen konnte, welchen Ursprungs sie waren. Wollte man aber auch gar nicht. Ich hatte mit meinem Düsenjet in unmittelbarer Nachbarschaft genug zu schaffen, und wenn ich ihn nicht so gerne gemocht hätte und er nicht Träger des Bundesverdienstkreuzes wäre, ich hätte ihm längst die Ohren langgezogen, damit er sich selbst mal zuhören kann. Vor sich selbst weggelaufen wär er. So aber war ich es, der zum Zuhören verdammt war und kurz davor, erstes tinnitusgebeuteltes Opfer dieses Kettensägenmassakers zu werden.

Ich hatte mir gerade, soweit es mir unter diesen stockdunklen Bedingungen möglich war, aus allem, was lose auf dem Boden herumlag und meine Hand suchend ertastet hatte, eine Art Miniwurst gebastelt, die ich mir nun in meine Gehörgänge einzuführen gedachte, als das Schnarchen abrupt aufhörte. Die plötzliche Ruhe war fast unerträglich, ein Gefühl, das aber rasch abgelöst wurde von purer Angst, mein Matratzennachbar könnte dem plötzlichen Greistod erlegen sein.

Für nur einen kurzen Moment erwog ich, die Luft anzuhalten, um ihn Mund zu Mund zu beatmen, da – hörte ich ihn sprechen. Gespenstisch deutlich wählte er seine Worte mit schlafwandlerischer Sicherheit:

»Samma, wat machst du eijentlisch für 'ne Scheiße. Willste misch ruinieren? Ick wusste, dit war n Fehler, disch mitzunehm'. Du machst allet nur kaputt. Und jetzt iss!!«

Seltsam vertraut kam mir das Gesagte vor, und da der Groschen bekanntlich kein Düsenjäger ist, brauchte ich eine atemlose Weile, bis ich darauf kam, dass dies ein Originalzitat aus meinem krassen Panamatraum war, ein Satz, den mir der nackte, nasse und sehr erboste Rademann mit Knoblauchstulle in der Hand entgegengeschleudert hatte.

Wie konnte das sein? Dit war *mein* Traum jewesen! Hatten wir etwa zur selben Zeit dasselbe geträumt, oder hatte Wolfjang mich geträumt, wie ich ihn träume, oder umgekehrt oder wie jetzt?

Wow. *Matrix*.

Kompliziert. Zu kompliziert um diese Zeit, in meiner Verfassung, surreal, verschwommen, nicht greifbar …

Muss dann irgendwann doch noch eingeschlafen sein, sonst hätte ich den Flieger zurück wohl kaum gekriegt, den Flieger, in dem ich momentan anscheinend sitze, man sieht ja nix, und irgendwie hört man auch nix – doch, doch, das ist eindeutig, also mit Sicherheit ist das … Na ja, was ist schon sicher, müde bin ich … seeeeehr müde … soviel steht fest … seehr, seeeeehr mü---- ……..

Epilogbuch

»Hallo, Christoph! Hörst du mich?«

»Wenn ›Hallo, Christoph! Hörst du mich?‹ bislang alles war, ja.«

»Gut. Die Verbindung ist schlecht.«

»Stimmt. Wer ist denn da?«

»Deine Agentin. – Sag mal, hab ich dich geweckt?«

»Ich glaub schon.«

»Tut mir leid. Und, wie war's auf dem Schiff?«

»Auf dem Schiff!? … 'n Traum.«

»Es ist alles vorüber.
Es war vielleicht nur ein Traum.«
Stefan Zweig